# 豌豆仙子

■ 郭 风 著

■ 周基亭 主编

福建少年儿童出版社

**图书在版编目（CIP）数据**

豌豆仙子/郭风著；周基亭主编. —福州：福建少年儿童出版社，2009.5

（中国童话大师系列·郭风童话全集）

ISBN 978-7-5395-3448-0

Ⅰ. 豌… Ⅱ. ①郭…②周… Ⅲ. 童话—作品集—中国—当代 Ⅳ. I287.7

中国版本图书馆 CIP 数据核字（2009）第 059905 号

**豌豆仙子**

——中国童话大师系列·郭风童话全集

**作者：**郭风

**出版发行：**福建少年儿童出版社

http：//www. fjcp. com  e-mail：fcph@fjcp. com

**社址：**福州市东水路 76 号（邮编：350001）

**经销：**全国各地新华书店

**印刷：**福州德安彩色印刷有限公司

**地址：**福州市金山浦上工业区标准厂房B区42幢

**开本：**700×920 毫米  1/16

**字数：**142 千字

**印张：**11.75    **插页：**2

**印数：**1—5100

**版次：**2009 年 5 月第 1 版

**印次：**2009 年 5 月第 1 次印刷

ISBN 978-7-5395-3448-0

**定价：**16.00 元

# 目 录

# 豌豆仙子（一）

## 豌豆姐姐

篱笆的小门轻轻地推开了。野菊妹妹走进来。我们的故事就从这里开始。

许多人都说，豌豆姐姐家里有一朵豌豆花结实了，即是说结了豆荚了。豌豆姐姐住在豆畦里。豆畦周围绕着篱笆，前面有一道小门，野菊妹妹就是走进这道小门来看豌豆姐姐的。

有一条小小的河流，从小门前面弯弯曲曲地流过，流过菜圃和稻田，流过村庄和牛棚。小河两岸还有不少的荔枝树、龙眼树和乌桕树。这条小河不知流到哪里去。据小孩子们说，是流到太平洋去的。也许说得不错吧？那小河天生会唱歌。野菊妹妹便在小河的歌声中走到豌豆姐姐居住的豆畦前面来。

野菊妹妹看见豌豆姐姐，赶快招呼道：

"豌豆姐姐，我刚才听见一只蜜蜂说：'一朵豌豆花结了豆荚了！'所以我便赶紧来看你啦！"

野菊妹妹说着，把一只花篮放在豌豆姐姐的身边，表示祝贺。野菊妹妹和豌豆姐姐是很要好的朋友，她们常在一起玩耍。

"对啦。有好多朋友来看我的豆荚，向我祝贺——请坐吧！"

　　豌豆姐姐愉快地笑起来。野菊妹妹便坐在身边的一片豆叶上。豌豆姐姐自己坐在花蒂上。

　　蜜蜂、蝴蝶以及蚱蜢们都知道，豌豆姐姐的淡黄色花瓣已经飘落在豆畦的泥土里，现在从花蒂上长出一只浅绿色的豆荚——如果按照一位诗人的说法，这豆荚是一张绿色的小床。现在这小床里有五颗小豌豆，五位小宝宝——这五位小宝宝，在我们这篇童话里，便是五位可爱的豌豆仙子。那豆荚慢慢地，简直是在你不知不觉之间长大起来的。也就是说，诗人所说的绿色的小床简直是在你不知不觉之间变大了。于是，住在这小床上的五位豌豆仙子也慢慢地长大起来。

　　而且，由于我们说的是童话，所以可以设想：这豆荚的小床因为住着豌豆仙子，上面还铺着天鹅绒。这时，五位豌豆仙子就躺在这豆荚小床上——

　　"那五位小宝宝呢？"野菊妹妹问道。

　　"他们正在小床上睡觉呢。"豌豆姐姐指着那绿色的豆荚说。

　　"哦，他们一定睡得很甜蜜。"野菊妹妹把带来的一篮花放在豆荚——豌豆仙子的小床旁边，并且说，"祝贺五位小宝宝，纯洁、快乐、幸福！"

　　"你说得真好！"豌豆姐姐说，"这五位小宝宝长得很快，我打算给他们各人穿上一套浅绿色的水兵的制服，排起队来，显得雄赳赳，气昂昂……"

　　"你说得真好——"野菊妹妹说。

　　"我希望这五位小宝宝长大后，都像水兵那么勇敢——"

　　豌豆姐姐刚说到这里，豆荚小床里的五位小宝宝都醒过来了。

　　他们一齐叫道：

　　"我们在梦中都听见你们讲的话了——"

豌豆姐姐和野菊妹妹一齐向小宝宝们问道：

"你们听见我们说些什么呢？"

五位小宝宝都从豆荚的小床上，探出小手来，说：

"野菊姐姐给我们献花；豌豆姐姐说，要给我们穿上水兵的制服，是不是？"

豌豆姐姐和野菊妹妹听了，都非常高兴，拍手说：

"小宝宝真乖，真聪明！"

五位小宝宝听了，又从豆荚的小床上探出手，不住地摇着，一齐说：

"我们长大了，一定很勇敢，一定去当水兵！那时，我们除了坐军舰在海上巡逻以外，还要坐军舰到世界各地去旅行——"

野菊妹妹、豌豆姐姐听了，都笑起来，觉得这五位小宝宝，简直和小学生一样聪明……

"还有啦，"五位小宝宝坐起来，坐在天鹅绒上，又说道，"我们首先要到丹麦去，到那里一个小村庄里去，那里住着一位鞋匠的孩子，他非常会讲故事，我们要请他一起坐军舰去旅行……"

"多么聪明的宝宝！"野菊妹妹说。

"多么可爱的孩子！——我们就给这五位小宝宝起名叫豌豆仙子吧！"

"可好啦！"野菊妹妹拍着手说，"现在，我要回去了。再会！"

## 从滑梯上滚到外面去玩耍

这是星期一的事情。在这天之前，就是说星期日的晚上吧，五位豌豆仙子还是睡在那个美丽的豆荚小床里。他们都没有跑到外面去玩耍过。这是星期一，许多小朋友都在课堂里听老师讲课，都不

知道五位豌豆仙子从小床里跑出来玩耍的事情。

那五位豌豆仙子，一秒钟长大一点点——只有一点点，很少的一点点，但是当真每秒钟都有长进。因此，现在已经长得更加漂亮了。你还记得一件事吗？豆荚——五位豌豆仙子住的小床，同样会长大起来，这在上面已经说过了。

星期一的早上，五位豌豆仙子穿着开领的、浅绿色的水兵制服；他们在床上滚了几滚，便坐在豆荚的绿色小床的天鹅绒上。

最大的豌豆仙子，向豌豆姐姐说：

"姐姐，我们想到外面去玩耍。我们刚才把身体滚动几下，觉得很有力气。——这就是说，我们可以走路了！姐姐，你觉得我们可以到外面去玩耍吗？"

其余的四位豌豆仙子，眼睛都望着豌豆姐姐，显出恳求的样子。你看，他们的目光多么明净！

"你们为什么想到外面去玩耍呢？你们说说看！"豌豆姐姐快乐地问道。

"因为我们长大了，就应该到外面的世界去看看，况且，我们都穿上绿色的水兵服，多么美丽。人家看见了，都会说我们是聪明、懂事的孩子！"最大的仙子说道。

"你们还有什么想法呢？"豌豆姐姐又快乐地问道。

"我说，"二仙子说，"姐姐，我想外面的世界一定很大，很大。有树木，有河流；有白云，有蓝天。姐姐，太阳是从蓝天间放出光明的，我们的篱笆外面的那条小河，听说是流到太平洋去的……"

"嗬，你已经懂得很多了。"豌豆姐姐更加快乐了，"那么，三仙子，你有什么想法？"

"姐姐，我来说，"三仙子说，"我最爱蓝天，还有天上的白云。那些白云，有的就像一只船，我想，那船上常常坐着一位老头子，一位有很长很长的白胡子的老头子，他会讲故事给我们听！……"

"你说得真好啊！那么，四仙子，你想告诉我一些什么呢？"豌豆姐姐向四仙子问道，"你也说一说。"

四仙子似乎有些害羞。他说："我只想到篱笆外面的小河流上放一只小船，沿小河向前航行，一路上听小鸟唱歌，看蝴蝶在岸上的青草间飞来飞去！然后，我们的小船一直开到大海上去，找鲸鱼、海豹一起玩耍……"

"嗬，你想得也真好。那么，你——？"豌豆姐姐看了看五仙子，在他的脸上亲了一下。

五仙子把自己的水兵服的领子整一整，说道：

"我要到外面去看很多很多的东西，跟很多很多的花朵、动物交朋友。比方说吧，我要去看很多很多的山，很多很多的河流、海湾，我要登山，还要在河上航行和在海上航行；我要和山上的花朵一起跳舞，和林中的小鸟一起唱歌，还要和附近田里的青蛙一起听蚱蜢讲故事，并且一起跳进小河里游泳……"

"嗬，你最小，可是想得最多——"豌豆姐姐说，"今天，你们就出去玩玩吧。可是，这是第一次外出，不要走到太远的地方去，你们记住了吗？"

"我们记住了。"

于是，那只浅绿色的豆荚——五位豌豆仙子的小床——好像打开蚊帐一般，张开了。这篇童话的小读者们，你们看见过豆荚自己张开的吗？没有！可是，在我们这篇童话里，五位豌豆仙子居住的小床——豆荚这时张开了。那么，请你们看吧——

一！二！三！四！五！

五位豌豆仙子穿着整整齐齐的浅绿色水兵服，从张开的豆荚小床里，一位接着一位沿着豌豆的一条蔓藤，好像我们的小朋友从滑

梯上滑下去一样，一下子滑到豆畦上来了——豆畦上有一点点青草，他们一个接着一个滑到田畦的青草上，然后拍一拍身上的泥土，开始在畦间站立起来了……

## 他们遇见黄莺叔叔

"我们都好好地滑到豆畦的草地上了！"

五位豌豆仙子在豆畦上站定之后，一起举起手向坐在豆叶上的豌豆姐姐招手。

"好！"豌豆姐姐也向五位豌豆仙子招手，"现在，你们可以在豆畦附近随意玩耍！"

五位豌豆仙子马上在豆畦的草地间散开了。真的，这时候他们是多么快乐。在这之前，他们还没有力气走出豆荚，只能躺在豆荚的小床上，自己设想外面的世界是多么美丽。现在，他们能够在豆畦的草地上走动了，他们亲眼看到豆畦围着篱笆，看到篱笆外面有一条曲曲折折的小河；看到那绿色的田，一丛一丛的树木，远远的山，许多村屋，还有蓝天和白云……是的，他们现在亲眼看到世界上有许多美丽的东西了；这些美丽的东西在他们眼中构成一幅幅图画——这一幅幅图画，不仅可以看望，又仿佛——都可以走近，都可以招呼，喊过来一起谈话……

——总之，五位豌豆仙子，好像是感到自己开始走进世界中来了，他们多么快乐！他们情不自禁地躺在豆畦的草地上打起滚来了……

这时，一只黄莺从天空中飞来，看见五位豌豆仙子在豆畦的草地上快乐地打滚，便站在篱笆上，快乐地唱道：

五位可爱的仙子，现在长大了，
从他们睡觉的绿色小床上站起来，
沿着豆蔓的滑梯，
到我们这个世界里来玩耍了！
他们觉得，
这个世界是多么美丽啊！
因此，
快乐得在草地上打起滚来！
我把这件事，
编成一首歌，
唱给全世界的人听……

　　黄莺站在篱笆上，一遍，两遍，三遍地唱着。他唱得十分好听，简直会使听这支歌的人都快乐起来，会自己生出希望，并且一起赞美豌豆仙子……

　　五位豌豆仙子也听到了黄莺的歌。他们停止打滚，一起坐在草地上，注视着黄莺，忘记自己似的倾听着黄莺唱歌。

　　"站在篱笆上唱歌的黄色小鸟啊，"大仙子不禁招呼道，"你的歌唱得真好听！"

　　"五位仙子，我是黄莺，"那位黄莺答道，"你们就叫我黄莺叔叔吧。"

　　"嗬，黄莺叔叔，我们可以交朋友吗？"五位豌豆仙子齐声叫道，从草地上站起身来。

　　"当然可以。"黄莺叔叔说，"我十分喜欢你们。我告诉你们，我住在前面的一片树林里，那里有我的简单的家。我从家里飞出来，经过蓝色的天空，又在前面那条小河上飞旋，随后便站在这篱笆上。

我看见你们在草地上打滚，看见你们初次看见世界时显得这样的快乐。我十分欢喜，因此编了一支歌唱起来——嗬，我就用这支歌向你们问好，祝你们永远快乐！"

黄莺叔叔的话，很是动听，使五位豌豆仙子听了感到十分快乐。而且，黄莺叔叔的话（大概因为他是歌唱家吧？）很有节奏；五位豌豆仙子站在草地上，不时地按着黄莺叔叔说话的节奏打着拍子，并且一齐说：

"你唱的歌，是快乐的歌，你说的话，像歌一样，也是有节奏的、快乐的歌！"

"谢谢你们对我说这些话！"黄莺叔叔拍着翅膀感动地说，"是的，我们应当有一颗快乐的心！我觉得心地善良的人，都有一颗快乐的心！我觉得那把世界镀上黄金色彩的太阳，那时刻微笑的蓝天和白云，唱歌的河流，还有那让我们寄居的树林，都有一颗快乐的心！五位豌豆仙子，你们应该永远让自己保存一种快乐的天性……"黄莺叔叔又快乐，又认真地说。豌豆仙子听了，连连地点头。

"五位仙子，那片树林里，"黄莺指着小河对岸的一片暗绿色的树林说道，"那里就是我的家，明天我再来看你们，并且带你们一起去旅行，好吧？"

"那太好啦！"五位豌豆仙子一齐拍手说道。

早上的太阳，照耀着大地。

"再会！再会！……"

在一片"再会"声中，黄莺叔叔拍着翅膀，从篱笆上飞走了。五位豌豆仙子不住地向他挥着手……

## 他们遇见蚂蚁的兵队

黄莺叔叔刚刚飞走，五位豌豆仙子忽然听见豆畦附近，传来一种声音……

"附近什么地方，好像传来一种整齐的、威武的脚步声，"大仙子问，"你们都听到没有？"

其他四位豌豆仙子，都侧着耳朵听着。"的确有一种声音，好像是兵队在操练……"

"五位可爱的仙子，我们是蚂蚁的兵队，我们的队伍，从你们豆畦的篱笆门前经过啦！"一位蚂蚁的军官正带着蚂蚁兵队从篱笆门前经过，他向五位豌豆仙子招手说道。

这是一只黑蚂蚁，他穿着黑色的军服，胸前挂着值勤的红带子，显得很威武。

五位豌豆仙子都跑到篱笆门前来，观看蚂蚁的兵队从门口经过。这兵队排列得很长很长，他们真是训练有素，个个挺起胸脯，步伐十分整齐，踏在篱笆门外的草地上，沙沙作响。他们的队伍穿过草径，爬上一个小泥堆，又向前开步而去。听说在前面很远的地方，有他们居住的城市——一座有他们建筑的马路、仓库和兵营的城市。

黑蚂蚁军官知道五位豌豆仙子喜欢观看他们的队伍，便特意站在篱笆门外，和五位豌豆仙子谈话。

"你们的兵队，走得多么整齐啊！"

大仙子向黑蚂蚁军官称赞道。其他四位豌豆仙子都说："真整齐！"

"这是我们的工兵队，"黑蚂蚁军官一边挥手指挥兵队前进，一边向豌豆仙子们说，"我们在前面一个广场上举行春季大演习。现在

是演习的第三天了。前两天，我们还在前面的广场上举行露营，野餐……"

"真好啊！"

五位豌豆仙子听了，不禁拍手叫好。他们看见，蚂蚁兵口中都衔着一点虫卵或别的什么，这便是他们的粮食；如果是重些的东西（例如一只蚱蜢的遗体），他们便由几个蚂蚁抬着走，合作得很好……

"他们真是一支很有纪律的兵队！"五位豌豆仙子不禁轻声称赞道。大仙子还对黑蚂蚁军官说，"我看见你们的兵，都自己带口粮，这真好！"

"亲爱的仙子们，"黑蚂蚁军官一边举手，指挥兵士继续向前走，一边说，"我愿意告诉你们一些蚂蚁国的情况！"

"好！好！"

五位豌豆仙子一齐拍手道。

"在我们的国土里，"黑蚂蚁军官微笑着说，他身上的值勤带被日光照得闪闪发光，"在我们蚂蚁国，每个人可以说都是兵士，每个人又同时都是工人。不肯工作的人，懒惰的人，在我们国家里一定受鄙视。实际上，在我们的国度里，并没有懒惰的人。我们把不自私地为公众服务，看做是快乐的唯一源泉……"

"蚂蚁军官，你的话说得太好啦！"

五位豌豆仙子虽然刚出生不久，但都听得懂蚂蚁军官说的话。童话里的人物往往是非凡的人物。

"我们的国土里，"黑蚂蚁军官继续说，"人们都受过军事教育、军事训练，有防御国土承受敌人攻击的自卫能力！谁敢来侵犯我们的国家，我们就会迎头痛击！……五位仙子，你们看，有这样的兵队，谁敢来侵犯我们？"

黑蚂蚁军官笑道，自豪地看着陆续从篱笆门前走过的蚂蚁兵队。

"谁也不敢！……"

五位豌豆仙子齐声说道。

"我已经站在这里和你们谈话许久了，我应该和你们告别了！再会！"

黑蚂蚁军官向五位豌豆仙子行了个军礼，就和队伍一起前进了……

## 豌豆姐姐呼唤他们回去休息

我们是蚂蚁的兵队！

一！二！一！

挺起胸脯，

整齐我们的步伐！

如果有人侵扰

我们的安宁，

我们就不客气予以打击！

一！二！一！

向前进！

一！二！一！

向前进！……

五位豌豆仙子在篱笆门前，看着黑蚂蚁军官，和大队的蚂蚁兵队唱着歌向前进……

"这是蚂蚁兵队的军歌吧，他们唱得多么雄壮有力……"

五位豌豆仙子听了蚂蚁的军歌，都情不自禁赞美道。这时，大

仙子向其他四位豌豆仙子提议道：

"我们也组成一支小小的队伍，在这里的草地上操练吧！"

"赞成！赞成！——我们提议大哥当军官，我们马上编一支小兵队！"四位豌豆仙子一齐说道。

于是，队伍马上在豆畦的草地上集合起来，差不多只一小会，就是说，差不多只是闪了一下眼睛，他们就排好了队：二仙子当头，接着是三仙子、四仙子、五仙子。他们都挺着胸脯，显得很有精神。

大仙子当军官，他站在队伍前面，对着其他四位豌豆仙子——他的兵，喊道：

"一！二！三！开步走！"

只见他们开始在豆畦的草地上列队开步走了。这是一队绿色水兵的队伍啊。沙沙！沙沙沙！他们的脚步踏在草叶上，十分整齐。

这时，豌豆姐姐从豆叶上站起来，她什么都看到了。她心中多高兴。她想：这五个孩子现在做兵队操练的游戏了！他们多像水兵啊——可是，他们玩了这么久了，会不会疲倦？……

"向左转！走！"

只听见大仙子又喊道。四位水兵听了口令，"刷"的一声，整齐地向左转，又向前开步。大仙子领头走。

豌豆姐姐看着他们的操练，愉快地微笑着。她想："让他们再玩一会，他们正玩得格外高兴——可是，也不能玩得太过分，疲倦了就不好了，还是唤他们回来吧！"

于是，豌豆姐姐喊道：

"你们应该回来休息了。对了，大仙子，你就把兵队带回来吧！"

豌豆姐姐说着，自己不觉笑起来。

"嗬，姐姐，"大仙子听见豌豆姐姐的呼唤，马上停下脚步，喊着口令：

"踏步踏！立定！"

于是，四位豌豆仙子都立定在那里。大仙子说：

"你们听见没有？刚才豌豆姐姐叫我们回去，我们要听姐姐的话！"

亲爱的小读者，五位豌豆仙子真是听话，他们现在都回到豆荚的小床上了。你们有没有想到，他们怎么回到那美丽的小床里的？你们都记得吧？他们是从用豆蔓做成的滑梯里，滑到豆畦的草地上来的。现在，豌豆姐姐教他们一起把豆蔓的滑梯放得平直一些（就是说，让滑梯的斜度弄得小一些），他们便又从这豆蔓的滑梯上走回豆荚的小床里去了。

## 他们和黄莺叔叔一起去旅行（一）

上面我们所讲的童话故事，都发生在星期一早上。那时，各位小朋友都在小学校的课堂里听讲课，所以你们都不知道。

时间过得真快。到了星期一晚上了，你们吃过晚饭，就温习语文课本、算术课本，还有做自然笔记、写日记吧？不久，因为你们都把功课做好了，便上床睡觉，是不是？那么，五位豌豆仙子也闭起眼睛，一起在豆荚的小床上睡觉了。时间过得真快。现在，是星期二的早上了。

这一天早上，五位豌豆仙子很早就醒来了。因为他们惦记着一件事，黄莺叔叔要来带领他们出去旅行。这件事，他们已经告诉豌豆姐姐，她答应让他们出去旅行。

"黄莺叔叔，我早已认识他，"豌豆姐姐告诉五位豌豆仙子说："他是全世界著名的飞行诗人。他的诗歌有一种快乐的调子，有一种叫人热爱这个世界的调子。当我刚刚学习开放花朵的时候，他就时常飞到这里来，站在篱笆上唱歌……"

"黄莺叔叔很喜欢我们，"五位豌豆仙子一齐向豌豆姐姐说，"昨天早上我们在豆畦的草地上玩耍时，他就唱一支歌，祝福我们——那支歌，是赞美我们的，他说要把这支歌，唱给全世界的人听！"

正在这时，黄莺叔叔已经从树林里飞来，站在豆畦的篱笆上了，他又唱道：

> 五位可爱的仙子，
> 我们一起飞行，
> 一起看看这个世界，
> 多么广大，多么壮美！……

豌豆姐姐听见了，赶快给五位豌豆仙子整理一下衣衫——绿色的水兵服，随后就帮他们从豆蔓的滑梯上滑到豆畦的草地上来了……

黄莺叔叔看见五位豌豆仙子来了，又唱道：

> 现在，请五位豌豆仙子
> 做好准备。
> 我要让你们：
> ——一位坐在我的项颈（脖子）上，
> 两位坐在我的腰身上，
> 还有两位，坐在我的尾巴上。
> 这样，我们一起飞行，
> 来看看这个美丽的世界，
> 并且，

请你们参观我的家……

五位豌豆仙子等黄莺叔叔唱完歌，马上跑到篱笆前面来，一齐向黄莺叔叔问安：

"早安！黄莺叔叔！"

黄莺叔叔从篱笆上跳到草地上来，快乐地拍着翅膀，不住地点着头。这时，阳光十分明亮，天色很蓝，望着天空，它好像很远。树林上，小河里，都发出闪闪的金光。春风吹着，好像对阳光说："你发射到全世界的光芒，引导我到处旅行！"春风说后，吹出一阵鲜花的香味，整个大自然好像都在拍手，唱歌……

这时候，看啊，豌豆大仙子已经坐到黄莺叔叔的脖子上了。黄莺叔叔在篱笆附近的草地上蹲下来，让豌豆仙子一个一个爬到他吩咐的位置上。坐停当后，黄莺叔叔一拍翅膀，飞向空中。他们——五位豌豆仙子开始和黄莺叔叔一起飞行了，这是多么难忘的一刻啊——

只见豌豆姐姐站在豆叶上，一直向他们挥手，"再会！再会！"

## 他们和黄莺叔叔一起去旅行（二）

开始，五位豌豆仙子都闭着眼睛。当然，我们不知道他们为什么要闭起眼睛，也许因为有些害怕，也许因为突然向空中直升，自然而然要闭起眼睛。后来，大仙子睁开眼，差不多同时，其他四位豌豆仙子也睁开眼。这时，他们已经升到高空中，向前飞行。五位豌豆仙子向底下一看，嗬，一阵阵的风从他们身子的两边迅速地流过，底下一切似乎都在打旋。一丛丛树木，许多村庄和稻田，菜畦，河流，现在看来，它们好像联合起来，也跟着在地面上向前飞行似的。

"多么快乐啊!"

五位豌豆仙子,在空中齐声说道。

"现在,我们要飞过前面的那座山峦,"黄莺叔叔说,"因此,我要飞高五百米。当我向上升高时,你们要抱紧我的羽毛。对了! 前面大地隆起的那一部分,当地的人们叫它壶公山,我们就要飞越过那里!"

五位豌豆仙子紧紧抓住黄莺叔叔的羽毛。这时,黄莺叔叔的身子略微倾斜,又鼓翼向更高的空中升上去。此时此刻,豌豆仙子心中的快乐,是没有办法形容的。反正他们高兴极了。他们在温暖的阳光中,随着黄莺叔叔向上飞,有两朵闲散的白云,向着他们飞来,然后又飞走了。

"两朵白云,正从我们的身边飞过。"当他们飞进云间时,大仙子说:"白云好像挥着白手帕向我们问好!"

黄莺叔叔一直向前面的那座山峦——壶公山飞去。现在,这山峦的轮廓更加明显,清楚,五位仙子可以望见山中的许多美景了。山上密密地排列着许多树木,叶子在阳光下反射出耀眼的亮光。那山顶上还有一座庙宇,十分壮观。黄莺叔叔说:

"你们看到了吗? 那座庙宇叫玉皇庙!"

五位仙子说:"我们看到了! 真好看!"

黄莺叔叔说:"那座庙宇已经盖了五百多年了!"

五位仙子说:"多么古老的一座庙宇!"

接着黄莺又一个劲地向下降落,落在这座壶公山的一棵树上。他站在树梢说:

"五位仙子! 这棵树叫榕树,你们看到没有? 他的树枝间垂下许多胡子,小朋友们都叫他榕树爷爷——"

五位豌豆仙子说："我们也叫他榕树爷爷吧！"

黄莺叔叔说："我们现在在这里休息一下。"他说着，便从树梢把五位豌豆仙子扶到树下的草地上游玩。

豌豆仙子向四周望了望，那一直在他们耳边叫响的空中风声，此刻停息了；但却可以听到这树林中的轻轻的树叶声响。这山上的树林，除了榕树外，还有古老的樟树以及相思树，这完全是一片南方的树林。树林下的草地上，有不少野花，其中的野百合花，正在开放，吐出阵阵芳香。

"现在，各位仙子，"黄莺叔叔说，"你们可以在草地上打滚，这是很快乐的游戏！"

"对了。"五位豌豆仙子一齐拍手，就在柔软的草地上不停地滚动起来，全身顿时轻松了许多。这时，黄莺叔叔也在草地上来来回回地跳跃，这是他在散步。

"怎么样？"黄莺叔叔向五位豌豆仙子问道，"你们觉得这里好吗？"

五位豌豆仙子这时都从草地上站起来，说："这里好极了！"

"这座山峦和这片树林，看起来很安静，"黄莺叔叔说，"但是，住着很多好人。例如，啄木鸟医生，他是有名的树木的医生，他能为树木医病，能把蛀虫啄掉！还有白鹭叔叔、大雁叔叔，可是大雁叔叔到秋天才会飞来，白鹭叔叔到夏天才能飞来，他们目前都在北方……我想，我们已休息一会儿了，我带你们向别的地方，再旅行，好吧？"

"好！好！"

"那么，你们照原来的座位——都坐到我的身上来吧！"

这位黄莺叔叔真好！看吧，他现在又驮着五位豌豆仙子飞起来了。他先低飞着，在壶公山这座山峦上打个圆圈，让五位豌豆仙子清楚地看看建在山顶的玉皇殿。这座庙宇的屋顶有泥塑的龙，有很大的龙珠，龙珠上嵌的玻璃，闪闪发光，照得五位豌豆仙子双目都眩了。随后，黄莺叔叔又拍着双翅，向高空飞行了。是的，这时他们已在很高的空际飞行了，那壶公山、树林、田野中的道路，显得很小了，特别是有些村屋，小得好像火柴盒。黄莺叔叔不住地拍动着翅膀，风呼呼地在五位豌豆仙子耳边响着。现在飞得越来越高了，空气更清净，但也更冷了……

## 他们继续飞行

"唔，这是怎么回事？天气怎么这样冷？"五位豌豆仙子不禁想道。

"我们的身子，不住地打战了。这是怎么回事啊？"最小的仙子，禁不住喊道。

"这是因为我们飞行得很高，高空中比地上要冷。这情况，我已过惯了。仙子们，不要紧，过一会就会习惯的，何况，我们快飞到一个美丽的地方了——"

"什么地方？"

仙子们禁不住问道。说也奇怪，他们身上真的很快就适应了，不怎么冷了。也许这飞行的快乐，使他们感到了温暖……

"你们仔细看看，左前方远远的地面上，有一块闪闪发光的东西……看到了吗？"黄莺叔叔说。

"嗬，对了——那里仿佛有一面大镜子！"五位豌豆仙子一齐说道。

"那是湖。我们很快就到那里去——"

黄莺叔叔飞得多快！他尽力地振一振两翼，身子稍为倾斜一下，随后，他就飞落在湖滨的一片草地上了——五位豌豆仙子也一齐从黄莺叔叔身上跳下来。

现在，展现在他们面前的是一片水波浩瀚的湖泊。湖水不住地漾着涟漪，那是风在湖上行走的足迹。湖中有一些水菱花，有的水菱已经开了蓝色的花朵。还有一些绿萍。湖岸上有不少稻田。有一位汲水的姑娘走到湖滨，用小水桶在那里汲水。她很美丽。可是她没有看到黄莺叔叔带了五位豌豆仙子到这里来游历。否则她会多么欢喜啊。

"这个湖，当地人叫它白塘，"黄莺叔叔说，"是古代人民开挖的湖，是用来灌溉稻田的！"

"啊？那要用很多功夫哪！"

"是呀。"黄莺叔叔说，"现在，这白塘湖上没有船。可是每年中秋节的晚上，真热闹啊！有许多从四方村庄里开来的船在湖面上开来开去，船上都有音乐队，吹唢呐、箫、笛子，大家唱歌，看月亮……"

"这多有趣！"

"到中秋节时，我再驮你们来，看游船和照在湖中的月亮……"

这时，有几只白鸥，在湖面上飞舞。

他们飞着，口中唱着歌。

"他们，那些白鸥飞舞得多么欢乐！"

五位豌豆仙子看到了，不住地赞美。

"是的，他们飞舞得真快乐。你们知道吗，白鸥是水的仰慕者，总是喜欢亲近水，——凡有湖的地方，有大池塘的地方，他们都会飞来；特别是一些湖滨，长着芦苇，他们更喜欢飞到这里来。可是，他们现在正忙于舞蹈，不好去打扰他们——否则，我可以介绍你们和白鸥叔叔见面……"

"是啊，我们喜欢结识很多的人……"五位豌豆仙子说。

"现在，我还要带你们去看另外一个湖。"黄莺叔叔说，"这个湖坐落在一座山的顶峰上，叫天池……"

"能够看到天池，那太好了。"

五位豌豆仙子照原来的座位，坐在黄莺叔叔身上。呼啦！黄莺叔叔鼓着翅膀，一下子又飞向天空。五位仙子紧紧地抓住黄莺叔叔的羽毛，风不住地从他们的身边吹过，白云一朵一朵地从他们身边掠过……

飞得真快！不一刻，前方远处出现了一座高山。这座山的顶峰凹陷下去的地方，从高空远远望过去，有一块不规则的椭圆形：中间泛出闪闪发亮的、蓝色的水光……

黄莺叔叔尽力地鼓着双翼，把身子稍稍地倾斜着，一下子，他就飞落在山顶上那个湖——天池的岸边了。

这山顶上的天然湖，大约有四五十亩大，湖岸曲曲折折，全是岩石；这些岩石有的突兀，有的低平，有的像一只狮子，有的像一只小鹿，有的像只水牛，有的像只山羊，简直是一个岩石动物园。只是没有长出草来，没有生出树来，岩石上长出一点点青苔。五位豌豆仙子来到这天然湖之滨，十分高兴，心中很想跳起舞来。黄莺叔叔告诉他们：

"这个天然湖，当地的人们叫它天池。很久很久以前，大约在一亿年以前，这儿火山爆发，这些牛啊，狮子啊，山羊啊，鹿啊……全是喷出来的岩浆凝结而成的。听说，火山喷发时，岩浆就从天然湖——当时的火山口里奔流出来，好像火焰的小河流，从山顶一直流啊，流啊，流到山下，树林、田地和村庄的房屋都被岩浆淹没了。后来，火山熄灭了，火山口便成为天然湖，成为山峰上的天池！这天池边，每年秋天，都有从北方飞来的大雁在这里栖息哩……"

"嗬，黄莺叔叔，这山顶，这天池，真是好地方，有动人历史的好地方啊！"豌豆仙子们听得津津有味，不禁赞美道。接着，他们又请求道："黄莺叔叔，到秋天，你能再带我们来这里，看看大雁叔叔吗？"

"到时再说吧，"黄莺叔叔说，"以后我可以带你们到很多很多的地方去看看。我们居住的这个国土，这个世界，十分广阔，十分美丽。我想，明天带你们去看一个海湾，大家说，好不好呢？"

五位豌豆仙子都拍手说："好极了！黄莺叔叔！"

"今天，我们已经出来很久了。豌豆姐姐可能会在家里等得着急了。我带你们回去吧！"黄莺叔叔说。

于是，黄莺叔叔又驮着五位豌豆仙子从山顶的天然湖——天池边起飞了。当他们飞到半空中时，听见山上有人喊着：

"再会！再会！"

五位豌豆仙子和黄莺叔叔一起，向下面的山顶一看，原来是天池边的岩石小鹿、山羊、水牛在挥着手，向他们道别呢。

## 他们飞向海湾

第二天早上，黄莺叔叔又飞到豌豆仙子住的豆畦的草地上来。五位豌豆仙子又像昨天一样，按原来的座位，坐在黄莺叔叔的身上。黄莺叔叔说：

"你们赶快坐好，今天我要带你们去看大海！"

"大海？"五位豌豆仙子一齐说道，"它一定是很美丽的……"

"是的，大海很美！"

黄莺叔叔说着，一下子鼓起双翼，便从草地上飞向天空。这时，天蓝蓝的，有几朵白云，就像从远处望见的海上的船帆；太阳，暖暖的，发出金光；风，很小很轻……

今天，黄莺叔叔比昨天飞得低。他一直向东南方向飞去。五位豌豆仙子牢牢地抱住他的羽毛，低头向地面观看。他们看到田野、田野上发绿的水稻、甘蔗田、黄麻地；田野中间像蜘蛛网一般的水渠、小石桥，还有屋脊像鱼尾一般翘起的村屋，以及在田野间旋转的风车。这一切都在地面上打旋，从黄莺叔叔身子下面往后退。

随后，五位豌豆仙子又看到前方的地面上，隆起几座赭黄色的、馒头似的丘陵。丘陵上有一堆一堆墨绿色的树影。黄莺叔叔说：

"那一堆一堆的树林，是相思树、榕树。丘陵上还有岩石，相思树、榕树的根从岩石隙缝间长出来，很有趣！……"

"黄莺叔叔，"五位豌豆仙子一齐叫道，"我们是不是飞到那榕树、相思树林里看看？"

"行！"

我的小读者们，黄莺叔叔真是疼爱豌豆仙子，只见他把双翼轻轻地倾斜一下，便一下子降落在一座土丘上。这座土丘全是黄色的泥土，有许多大大小小的岩石，互相堆叠着。的确有趣，相思树、榕树的根不仅从岩隙间长出来，而且他们的根还抱着岩石。榕树真好看！其中有一棵榕树长得很高很高，有许多棕色的胡子（榕树的须根）从枝叶间垂下来；这棵榕树就像一位魁梧的、慈祥的老人。五位豌豆仙子看见了，立刻跑过去，用小小的手抚摸榕树老人的长胡子，这位榕树老人好像哈哈大笑起来，说：

"仙子们，你们好！"

五位豌豆仙子赶快说：

"榕树老公公！你好！"

榕树老人的旁边，一棵相思树的根从几块相叠在一起的岩石间穿来穿去，他的枝叶间开放着小小的黄绒球似的花朵。这在五位豌豆仙子的眼中，好像是一只只花篮，花朵中间坐着一位相思姑娘。五位豌豆仙子这么想着（真有趣，他们的想法是一样的！），真的，好像有一位姑娘从花朵中间向他们问好：

"仙子弟弟们，你们好！"

五位豌豆仙子听了，赶快说：

"相思树姑娘，你好！"

正在这时，黄莺叔叔因为想到要早点让五位豌豆仙子和他一起飞到海边去，便催促道：

"仙子们，该继续向前飞行啦！"

五位豌豆仙子马上按照原来的座位，坐到黄莺叔叔的身上。黄莺叔叔一鼓双翼，便从土丘上飞向天空。五位豌豆仙子和黄莺叔叔一起向下面一看，只见土丘上的榕树老人和坐在相思树花篮中的小姑娘，都挥着手，向他们告别……

黄莺叔叔很快地向前飞行着——这条航线，黄莺叔叔是很熟悉的——向东南方向飞行；五位豌豆仙子经过这两天来的飞行锻炼，现在一点也不怕了。他们十分快乐，一直向地面上张望着。这时，他们看到地面上有一条蓝色的水流，闪闪发光，曲曲折折，在许多土丘间流过去，两岸有一堆一堆墨绿色的、在阳光下闪闪发亮的树林……

"你们看到了吗？在地面上流过的这条河，叫木兰溪。岸上的树林，是荔枝林。"黄莺叔叔对豌豆仙子们说，"这荔枝林，在夏天时，会结出一串串小灯笼似的果实。"

"那可好啊。"豌豆仙子们一齐说，"嗬，黄莺叔叔，那木兰溪上是不是有一条很长的桥？……"

是的，我的小读者们，从天空中飞行时，可以看见木兰溪上，好像架着一座长桥。那么，是不是桥呢？请听——

"豌豆仙子们，"黄莺叔叔说，一边鼓着双翼继续向前飞行，"那是一道水坝！是古代的水利建筑，把木兰溪上游的水拦住，储蓄起来。"

"哦！"

为了让豌豆仙子们亲眼看一看筑在木兰溪上的水坝——当地人民叫它木兰陂，黄莺叔叔又倾斜一下双翼，很快便冲下去，降落在木兰陂旁边的一棵老榕树下。五位豌豆仙子跟着黄莺叔叔，兴高采烈地走到陂坝上面去。只见这道古代水坝有三十七个坝墩，三十七个闸门，有几个闸门开放着，溪水好像瀑布一般从闸门倾泻出来，溅起无数水沫，像白烟一般的水沫，日光照着，闸门前面像有三道彩虹，美丽极了！

五位豌豆仙子看到这情景，不禁拍起手来，说：

"好看啊！真好看！"

"这木兰陂到现在已有八百多年了！"黄莺叔叔说，"现在，我们就离开这里，继续向海湾飞行！"

五位豌豆仙子按原来的座位，坐在黄莺叔叔的身上。只见他一鼓翼，一下子冲到空中，又向东南飞行。仙子们向地面一看，木兰溪以及木兰陂，在地面上旋转，向后退，好像一条曲折而发亮的绸带，那木兰陂就像一个长长的别针，别在蓝绸带上……

这时风变大了。风从黄莺叔叔的双翼间，呼呼地吹过去；有时吹得五位豌豆仙子睁不开眼睛。但是，黄莺叔叔在风中飞行，仍显得很镇静，飞行速度也没有减低……

"现在，快到海边了，"黄莺叔叔说，"你们看到没有？地面上好像放着一只一只灰青色的火柴盒，那是渔民用石头筑的房屋……"

仙子们向地面上一看，的确排列着许多像火柴盒的石屋，从空中看下去，特别好看。这一带地面上也有赭黄色的土丘，有一些石屋便筑在土丘的半腰上，看上去又好像碉堡。黄莺叔叔一边向前飞行，一边说：

"这里靠海，夏天和秋天，海上常常有台风刮来，好大好大！石头筑的房屋，台风便刮不倒……"

正在这时，五位豌豆仙子看见不远的前方，出现一大片橘黄色的沙滩，它的前面便是深蓝的、碧绿的、银灰的、闪闪发光和颤动不已的大海了……

## 他们降落在海岸上

"我们已经飞到海边了，"黄莺叔叔说，"你们做好准备，我要降落了！"

亲爱的小读者，这是一个海湾，一个南方的海湾。橘黄色的沙滩后面，在海岸上，分布着望不到头的木麻黄：这是用来防风、防沙的林带。这木麻黄林，外表看来，好像一株一株的松树排列成的松树林。其实，木麻黄的叶子（从植物学上说）已经退化了。那像松针（松叶）的是木麻黄的枝和茎，木麻黄的叶子退化了，可以减少树体内水分的蒸发，所以，他耐旱。这海岸上，除了木麻黄林带外，还种植一排一排的棕榈树，这些棕榈树的叶子，好像扇子一般；这海滨的风，好像就是由棕榈树的扇子扇起来的——那棕榈树，那木麻黄林带在风中摇动着，发出呼呼的声音，与海上传来的浪声混合在一起，奏出优美而雄浑的音乐……

五位豌豆仙子由黄莺叔叔驮着，在木麻黄林带和棕榈树上面盘旋飞行一周，然后降落在沙滩上……

五位豌豆仙子，马上在沙滩上跑起来了。这海湾的景色，这海边的风和阳光，使仙子们欢喜极了。黄莺叔叔看到五位豌豆仙子在沙滩上快乐地跑来跑去，心中也欢喜极了。黄莺叔叔说：

"仙子们！你们赶快看，有一艘远洋轮船开进海湾了……"

五位豌豆仙子赶快跑到黄莺叔叔身边来，和黄莺叔叔一起站在沙滩的一块岩石上，向海里张望。只见那艘远洋轮船慢慢地向海湾港口的码头开来。嗬，这艘远洋轮船，有五层楼那么高，船舱上有许多窗，船身全是雪白色的，船前有一面旗在海中飘扬，许许多多的白色海鸥，追着远洋轮船后面的浪花，一会高一会低地飞翔。黄莺叔叔对仙子们说：

"这是一艘从埃及开来的远洋轮船！……"

"埃及？"五位豌豆仙子一齐问道，"离我们这里很远吧？"

黄莺叔叔说："埃及在遥远的非洲。那是一个很古老的美丽的国家……"

这时，只见那艘远洋轮船已经靠在海湾的码头旁边了——这座码头，离开五位豌豆仙子和黄莺叔叔现在站立的海滩，大约还有一千多米远。但是，他们可以看见许多外国旅客，其中包括一些非洲来的、皮肤黝黑的外宾，他们穿着各式各样的衣衫，携着自己的行李，走上码头；船上的吊车，正繁忙地把货物卸到码头上来……这情景，使五位豌豆仙子看到后十分快乐。

黄莺叔叔说：

"等你们长大以后，可以到埃及以及非洲别的一些国家去旅行……"

五位豌豆仙子不等黄莺叔叔说完，便一齐说道：

"黄莺叔叔，那时，请你再驮着我们，飞到埃及，飞到非洲去旅行，好吗？"

黄莺叔叔说：

"当然可以。埃及是美丽而又古老的国家。那里有古老的金字塔和狮身人面像。将来如果我们飞到埃及，我们一定去看金字塔和狮身人面像。听说，那狮身人面像会叫你猜谜——"

"那多么好啊！"

"还有，我们一定要在埃及的尼罗河上航行——"

"那多么好啊！"

"如果我们坐船到一片大森林去，可以看到长颈鹿阿姨和她的孩子们……"

"那多么好啊！"

"不过，这的确要等到你们长大了，"黄莺叔叔说，"譬如，等你们念完了小学一年级以后，我就驮着你们，飞呀飞，飞呀飞，一直飞到埃及去！"

"那多么好啊！"

蓝色的海上，停泊着许多船只，有远洋轮船，也有小型汽船，还有驳船。其中有一艘远洋轮船，船身涂着奶黄色，船前有一面外国旗在风中飘扬。黄莺叔叔对五位豌豆仙子说：

"你们看，前面那艘大轮船，是从澳大利亚开来的……"

"澳大利亚？"

"那也是一个美丽的国家。"黄莺叔叔说，拍一拍翅膀，"它在澳洲。等你们长大了，可以到澳大利亚去旅行……"

不等黄莺叔叔说完，五位豌豆仙子一齐说道：

"黄莺叔叔，那时，你驮着我们先飞到非洲，到埃及，然后，飞呀飞，又驮着我们飞到澳大利亚去，好吗？"

"是啦，也应该到澳洲去，特别是到澳大利亚去。我们飞到澳大利亚空中时，会看到那里有许多绿色的牧场，有许多白色的羊群，好像云一般在绿色的牧场上流动……"

"那真好啊！"

黄莺叔叔又对豌豆仙子们说：

"我想，我驮着你们飞到澳大利亚时，准备降落在一个天然动物园里，在那里可以看到鸵鸟叔叔和袋鼠阿姨……"

"啊，他们都是很好的叔叔？……"

"鸵鸟叔叔有很长很长的双腿，能够在沙漠上跑来跑去，跑得非常快。还有，鸵鸟叔叔喜欢把脖子缩进羽毛里去，他是非常有趣的叔叔……"

"嗬？"

"还有袋鼠阿姨，"黄莺叔叔继续说，"她胸前长着一个口袋，她把孩子们装在口袋里，到处旅行、寻找食物，是很有趣的阿姨呢……"

"我们赶快长大起来，到非洲去，到澳洲去旅行！"五位豌豆仙子都在心中想着。

"现在，我驮着你们在这海湾的上空飞行一会，好不好？"

"好！"

五位豌豆仙子便按照原来的座位，一起坐在黄莺叔叔身上。只见黄莺叔叔一鼓翼，立即冲到海湾的上空，并且在那里盘旋，飞翔……

我的亲爱的小读者们，从空中俯视我们祖国的海湾，有多么美啊！这个海湾叫湄洲湾，是我国南方的一个很好很好的海港。黄莺叔叔驮着五位豌豆仙子在海湾上空飞来飞去；他们从天空中往下看，只见海岸线很曲折，海湾中有许多小岛屿，有的形状像一条鱼，有的像一只鹿蹲在海中，有的像一只熊在海中饮水……黄莺叔叔说：

"你们看到了吗？那海湾中的一个个岛屿，好像是海港的一道又一道的门户。这些门户，把海上吹来的大风，特别是台风挡在海外，这个海港便变为很好的天然避风港了……"

"哦，这真好！"

这时，海港外面有两艘巡逻艇在海面上游弋。五位豌豆仙子从空中看下来，看得见艇前挂着的五星红旗，在海风中飘扬。巡逻艇开得很快，许多浪花和泡沫在艇舷两边飞溅起来，就像有一堆又一堆的白雪在飞溅。这浪和泡沫的白雪，被阳光一照，闪闪发光，好看极了！

"那是海军的巡逻艇在海上执勤，"黄莺叔叔说，"就是说，艇上的海军军官和水兵叔叔们，在海上保卫海港，保护我国和外国轮船的安全！……"

"这多么好啊！我们长大了，也要当水兵，坐巡逻艇在海上巡逻！……"五位豌豆仙子都在心中想道。

这时，黄莺叔叔看看他们已经飞出来许久了，便说：

"豌豆姐姐在家中一定等得很久了，我们该飞回去啦！"

亲爱的小读者，你知道吗？在我们这篇童话里，黄莺叔叔很快就驮着豌豆仙子飞回家了。当五位豌豆仙子回到田畦的草地上时，豌豆姐姐已经等候在那里了。她知道黄莺叔叔一定带仙子们去看了很多美丽的东西，让仙子们开拓眼界，热爱世界。她从花蒂上走下来，不住地向黄莺叔叔招手，说：

"谢谢！谢谢！"

五位豌豆仙子跟着豌豆姐姐站在豆畦的篱笆前，向黄莺叔叔挥手，说：

"谢谢！谢谢！"

"再会！再会！"黄莺叔叔鼓着双翼，向前方一片树林飞去，他的口中还不住地唱着歌儿……

# 豌豆仙子（二）

## 第一个童话：流星……

亲爱的小朋友，你们读了童话《豌豆仙子》，这里说六个他们的小童话给你们听，好不好？

你们知道有五位豌豆仙子一起住在豆荚的小床里；他们的姐姐——叫豌豆姐姐，坐在豌豆花的花蒂上。

豌豆仙子和豌豆姐姐居住的地方，是一片豆畦，豆畦的前面有篱笆。篱笆之外，有一条小河。这是甜美的春天的晚上。四周多么安静啊！

是的，你仔细地听吧。这时，只有在篱笆外面，那条曲曲折折地流动的小河，在睡梦中，还在不止地轻声唱着。他唱得比白天似乎还更美妙，好听得多。我想，这是因为在梦中，他的心不为外界的各种声响所打扰，所以他的歌唱得更加甜美吧？

在小河岸边的许多树木，也安静地睡着；只是有时他们轻轻地飘动着树叶。这是因为轻风吹过的缘故，还是受小河在夜晚睡梦中的歌声所感召？

天空，这时更为静谧。

许多星星，好像早晨花叶、花瓣上的露点。每一颗星星，都显得那么晶莹、明亮。

有一颗流星，好像擦了一根火柴——

"呼——"

那颗流星成为一条光的弧线，向地平线那边掉下去了。

掉到什么地方了？真的，他掉落到什么地方去了呢？

——掉到海中去了。在海的深处，和海龙王谈话；不，他是把天上一位仙女的信件，交给海龙王了？我想，这流星可能是一位骑着自行车的邮递员？你们想想看，如果没有邮递员，海龙王如何和天上的天使或是仙女通信呢？

对啦！

亲爱的小读者，这时，豆荚的小床上，五位豌豆仙子还没有睡觉。他们要求豌豆姐姐讲一个童话给他们听。

好极了。豌豆姐姐便讲了一个在美丽的、温暖的南方的春天晚上，那流星送信的故事……

豌豆姐姐说："从前有一颗流星，从很远很远的、连天文台的望远镜也看不到的远方，'呼——'的一声，向海中飞去。他带了天仙的一封信，送给海中很深很深的海底里一座龙宫中的海龙王……"

豌豆姐姐说到这里，停了一会，看看五位豌豆仙子是不是喜欢听……

"对了，以后怎么样呢？你说，"五位豌豆仙子一齐说道，"那流星送信以后，怎么样呢？姐姐，你说下去吧！"

"嗬，以后吗？"豌豆姐姐笑着说，"当然是海龙王请这位邮递员在龙宫里当客人。你们知道，龙宫里布置得可好看！这龙宫里，用红色、白色的珊瑚作殿柱和墙基，以珍珠缀成各种宫灯，挂在雕花的殿梁上，把鲤鱼的鱼鳞铺在宫殿的屋顶。还有用各种海藻、海带当做流苏，挂在宫内的许多地方：屋檐前、藻井下面；特别是宫殿的窗口，都挂着海藻、海带的流苏和飘带……"

"那龙王宫布置得真好！"

豌豆仙子们一齐赞美道。

"以后，海龙王就召了他的公主来——他有多少的公主啊？有很多很多的公主，来开个茶会，招待这位很远很远的从天外之天的远方来的邮递员。海龙王用各种形状不一样的、花斑也不一样的海螺作茶杯，又用形状不一样的、花纹也不一样的贝壳作盘子；茶杯里斟满了清茶，盘子里放满了各种点心，只有龙王宫里才有的蛋糕、饼干、巧克力和油酥啊。龙王和他的公主们，一再请流星邮递员喝茶，吃点心。茶话会时，流星邮递员告诉海龙王和他的公主们，天外之天——用天文台的电子望远镜看不到的，很远很远的宇宙间，是无限度之远无限度之远……这中间，有几千万亿的星球，比海中的鱼和虾多得多，多得多……海龙王和他的公主们听了，非常高兴。茶话会时，海龙王还请了海中最大的虾——龙虾吹笛，请鲸鱼大力王玩魔术，海豹师傅表演球术；还请了海马伯伯组织的马戏团，在龙宫前的广场上表演马戏，譬如大鲤鱼叔叔跳龙门，海鳗姐姐走钢绳等等……真是热闹啊！……"

"以后呢？姐姐，以后呢？"

五位豌豆仙子齐声问道，要求豌豆姐姐把童话再说下去。

"你们听完这个童话，就得睡觉了，好吗？"

"好！"

"以后吗，"豌豆姐姐说，"流星邮递员把天外之天的仙人的信，念给海龙王和他的公主们听。信里说，请海龙王和他的公主们，在他们认为适当的时候，乘宇宙飞船飞到天外之天去，和仙人们见面；仙人们将热情接待……"

"海龙王后来去了？"五位豌豆仙子关心地问道。

"到我讲这个童话时，"豌豆姐姐笑着说，"海龙王和他的公主们还没有动身……"

"那么，流星邮递员以后到哪里去？"

"流星邮递员吗？"豌豆姐姐说，"第二天，海龙王就派了一只潜水艇，由水母叔叔驾驶，开到海面以后，流星邮递员就自己骑着自行车飞上天空——你们知道吗？这时，流星邮递员骑的自行车的轮子上，有一朵金红色的火焰！跟着自行车在空中飞转着，非常的好看！……这个童话就讲到这里。现在，你们闭上眼睛睡觉吧！"

"好的！"

五位豌豆仙子一齐闭上眼睛，在豆荚的小床一齐睡了，一齐甜甜蜜蜜地睡了。于是，豌豆姐姐在他们的额头上亲了一下……

于是，豌豆姐姐自己也睡了。她闭起眼睛，也一下就睡了。这时，豆畦的四周，显得更加安静。只有露水有时从叶间轻轻地淌下。那露水淌在地上的草叶间，又凝聚成一颗颗珍珠。只有天上的星星，仿佛在忽闪着眼睛。嗬，星星说话了，他们向田畦篱笆前的小河问道：

"河流啊，你刚才听见豆畦那里，豌豆姐姐给五位豌豆仙子说的童话吗？"

"嗬，我听见的，"河流早已醒过来，他答道，"我怎么没有听见呢？我不是从他们的门口流过的吗？"

"听说，每天晚上，豌豆仙子睡觉之前，豌豆姐姐都要说一个童话给他们听，是吗？"

"是的，"河流一边答道，一边向前流去，"明晚，豌豆姐姐可能讲一个关于你们——星星和月亮的童话……"

"真的吗？"

## 第二个童话：月亮的船

这又是一个美丽的春天的夜晚。豆畦的篱笆外面，小河流这时还未睡觉；——他醒的时候，总是轻轻地在唱歌，他入睡时，在梦中也在唱歌。

风轻轻地吹着。小河两岸的一些树木，树叶也轻轻地飘动着，发出的微微的风声，也像是在唱歌。

这时，一枚上弦月——黄色的、发亮的小船一般，在暗蓝的天空中航行。嗬，等一等，这只月亮的船，将在豌豆姐姐给五位豌豆仙子所讲的童话中不断出现……

这时，还有星星——闪闪发光的、从地面上看去好像珍珠，又像露水的星星，在暗蓝的天空中向大地上所有的花朵、树木和已经睡了的儿童微笑。嗬，等一等，这在天空中闪闪发亮的无数星星，等会就要在豌豆姐姐讲给五位豌豆仙子听的童话中，和月亮的船一起出现……

亲爱的小朋友，你们注意到没有？在这篇童话里，那天上的黄色的上弦月，一下子变成一只很大很大的船，那船上坐着两位老人，一位是神话中的人物：他叫吴刚；一位是普通的农民，年纪是六十七岁，有白胡子，他家就住在豆畦附近，小河岸上的一个村庄里，他现在和吴刚一起坐在月亮的船上了。

当然，这时候，五位豌豆仙子都还没有睡觉。他们整整齐齐地坐在豆荚的小床上，向豌豆姐姐问道：

"两位老人都坐在月亮的船上了，姐姐，这发光的月亮船，要开到什么地方去？"

豌豆姐姐说：

“这月亮的船，你们看吧，他的帆已经挂起来了，准备先开到很远的月宫去——”

五位豌豆仙子抬头望着，只见那月亮的船上，当真已经升起两面白帆了——两根白玉雕成的桅杆，上面挂着白绸的帆，顺着天风，向前航行了。

五位豌豆仙子，在豌豆姐姐的指点下，坐在豆荚的小床上，一直抬头望着。说来也真是有味，他们望着，望着，天空的东边很远的地方，出现一堆夜云；那夜云被月亮的船发出的光，照耀得十分明亮。就在那云堆间，出现一座宫殿——

豌豆姐姐说：

“你们看，那从发光的云堆间出现的一座宫殿，便是月宫。那月宫的柱子是汉白玉雕成的，上面刻着云、龙和浪的图案；屋上的横梁也是用汉白玉雕成的，上面刻着牡丹、凤和树叶的图案；屋顶、窗框以及墙和门楣，是用大理石或是碧玉雕成的。你们看到屋顶会闪闪发光吗？那屋瓦全是用云母铺成的……”

“那是美丽的宫殿！”

五位豌豆仙子一齐说道。

“只是那里十分寒冷，因为月宫，在太远太高的空中。可是那月宫的花园中，种了桂树，长得好高好高，开放好香好香的花朵，这月宫的桂树，可以说是世界上最古老的树，已有几千万亿年了……那么，你们看吧，那月亮的船现在，已越来越靠近月宫了，越要靠近月宫的码头了！”

“是啊。月亮的船航行得很平稳，看来风不大，浪也不大……”

五位豌豆仙子一齐说道。他们好像很懂事的样子，他们到底是我这篇童话中的小孩子。那么，我的小读者，你们也一起看吧，月亮的船上的帆已经拉下来了。船上的两位老人：吴刚和农民，一起

45

豌豆仙子

豌豆仙子（二）

把月亮的船开到月宫的码头，然后把锚放下来了。这样，月亮的船便停靠在码头前面了。

"姐姐，"五位豌豆仙子叫道，"你看见没有？吴刚和那位农民一起走上码头的台阶了——那码头的台阶，看来也是用大理石铺成的，是不是？"

"对的！你们再仔细观察吧！"豌豆姐姐鼓励说。

"姐姐，"五位豌豆仙子齐声叫道，"我们现在看到一棵好高好高的树——他就是桂树吗？吴刚和那位农民一起走到桂树下面了……"

我的亲爱的小读者，五位豌豆仙子看到的那棵树，碧绿碧绿的，是桂树。如果你们有一颗和童话相通的心，这时就会看到树上全开放着丹红色的桂花，甚至可以闻到桂花的香味……

随后，吴刚请那位农民坐在桂花树下面一只圆桌旁边的凳子上——这圆桌，这凳子，也是用大理石、白玉造成的。随后，吴刚自己一人走上月宫殿堂的玉阶了……

"姐姐，"五位豌豆仙子叫道，"吴刚现在走进殿里去——他去干什么呢？"

豌豆姐姐说："月宫里有酒。吴刚到殿里去取酒去。那是用月宫里开放的桂花酿成的酒，这酒只有神话里，或是我们所讲的童话里，才有呢！……"

亲爱的小读者，你们可以和五位豌豆仙子一起观察：那位吴刚这时已把桂花酒用酒罐，装得满满的一罐，端到桂树下，放在桂树下的圆桌上。他和那位农民在凳子上对坐下来。于是，吴刚在农民面前的酒杯上斟满了酒，也在自己面前的酒杯里斟了酒，两人便开始对饮起来。

亲爱的小读者，你们可能在神话中，知道吴刚在月亮宫里砍过桂树？在我的这篇童话里，没有记载这件事。我们只知道吴刚是栽种这棵桂树、培养这棵桂树的老人。他用这棵桂树上开放的桂花酿成的酒，和桂花一样香甜，但是喝了不会醉，实在是一种解渴的饮料。在童话中，喝了这种桂花酒，不止解渴，而且全身有力量。因为农民是爱劳动的，所以吴刚就请他和自己一起喝这桂花酒……

五位豌豆仙子的目力真行。他们已经看见吴刚给那位农民斟酒，并且听见吴刚说：

"请你多喝几杯！不会醉的！喝了月宫的桂花酒，身体健康，一人劳动能顶十人劳动——不过，这其实是一种桂花茶！"

还听见那位农民说：

"这是不像酒，又不像茶的饮料！好香！好甜！喝了，口里只觉凉爽；喝了，的确感到全身有力气，很想去播种：播豆子的种，麦子的种子，稻谷的种子……"

那位农民说着，把双臂在桂花树下，抡了几抡：真有力气啊，好像有一阵风从那位农民的手臂间吹出来，树上的桂花，因此好像金色的粉末，纷纷地飘落于月宫前的草地上。

"明天，我们一起坐你的这只月亮的船，一起参观我的田园，好不好？"那位农民一边说，一边饮了一口桂花酒。

"当然好——好得很！"吴刚欣然地答应，又饮了一杯桂花酒。

——这些在月亮宫里，吴刚和农民一起饮酒和谈话的情况，五位豌豆仙子都看到了，听到了，亲爱的小读者，你们呢？

"那么，你们睡觉吧！"豌豆姐姐说。只见那五位豌豆仙子都闭上眼睛睡了。豆畦四周安静得很……

## 第三个童话：播麦种和插葡萄苗

又是一个春天的晚上来到了。

开始，豆畦的四周，安静得很。小河只轻轻地唱着歌；风也很小，树叶只轻轻地响着。如果不仔细地听，小河的歌，树叶间的风声，是听不见的。

这时，五位豌豆仙子静静地坐在豆荚的小床上，望着坐在花蒂上的豌豆姐姐。他们等了大约一刻钟时间，便问豌豆姐姐说："吴刚和那位农民一起坐的月亮的船，为什么还不开出来呢？"

经过豌豆仙子这么一问，在这篇童话里，马上出现一件有趣的事；那从东边的山脊和树林间升起的一轮上弦月，慢慢地变大了，变大了，又慢慢地变成一只船了，船上慢慢地升起两根桅杆，挂起两面帆了。那船，那桅杆，那船帆，都闪闪发光，非常美丽，真是好看……

亲爱的小读者，请你们和五位豌豆仙子和豌豆姐姐一起观察：是不是看到了：那月亮的船上，和昨天晚上看到的一样，坐着吴刚和那位农民？五位豌豆仙子是已经看到了，他们说：

"姐姐，月亮的船当真又开出来了……"

他们说着，一边拍着手，好像是欢迎月亮的船的航行……

是的，这只月亮的船，从月宫前的码头起锚了。

一起锚，说也有趣，月宫便看不见了……

这时，只见暗蓝的天空，好像是海一般，广阔，没有边缘似的遥远；天空中有小堆、小堆的夜云，她们为月亮的船中的光所照耀，显得闪闪发亮；这些分散的、小堆小堆的夜云，在这篇童话中，在五位豌豆仙子的注视中，好像是一座一座蓝海中的岛屿。看啊，月亮的船上的帆升得很高了。这时，吴刚和那位农民都成为月亮的船上的舵手，把月亮的船开进夜云变成的岛屿中，向前航行……

五位豌豆仙子都听见那位农民向吴刚说：

"绕过这些岛屿，把月亮的船，开到我的田园附近去吧，——你看好吗？"

"好！"吴刚说。

亲爱的小朋友，请你们和五位豌豆仙子，还有豌豆姐姐一起，注意观察吧！这时，天空中真像有一位魔术师在耍一种魔术——或者说得清楚些，天空中的确有一位魔术师，应了那位农民的要求，一下子把天空的大海，变成天空中的田园——这田园中间有许多蓝色的河流。于是，月亮的船，现在在天空的河流中航行了……

"豌豆仙子们，"豌豆姐姐说，"现在，你们看到了吗？天空现在变成无比广阔的田园了，吴刚正在为农民开着月亮的船，在流动于田园中间的河流中航行……"

"看到了。"五位豌豆仙子说。

就在这时，月亮的船靠在一条河流的小码头边——其实是靠在一级一级的石阶的旁边。亲爱的小读者，这时，你们也会看到了：吴刚和那位农民一起从月亮的船上走下来，他们两人的手中都携着一只篮子，一步一步地从石阶，走上天空的田园里了……

就在这时，看啊，只见那位农民走在前头，吴刚跟在后面，在天空中的田园间，播下麦子的种子了；这是世间最美好的播种的情景啊，这是只有在童话中才能够看到的情景啊，只见那位农民和吴刚各自把篮子里的麦种抓了一把，向天空的田园中间撒开。于是，天风把种子吹到天空中，那麦种雨般飞扬，于是纷纷落下，说也奇怪，那位农民和吴刚撒下的麦种，一下子在空中变成闪闪发光的星星了……

五位豌豆仙子看到了，不禁向豌豆姐姐问道："姐姐，那变成星星的麦种，能够长出麦秆，结出麦穗吗？——"

豌豆姐姐说："仙子们，当然会的。在童话中，你们会听见，会看见很多美妙的事物。这些麦种，在天空的田园中发芽，渐渐长大，然后长成带节的茎，随后又在茎顶抽出穗来，开花，结成排列齐整的麦粒……可是，这些，这些，在地面上看过去，都是宝石一般闪光的星星，只有吴刚和那位播种的农民自己，以及讲童话的人，知道麦种在天空的田园中生长的全部过程……"

"哦！原来是这样的。"五位豌豆仙子一齐说道。

亲爱的小读者，请你们和豌豆姐姐以及五位豌豆仙子一齐向天空中观察。你们看，这时，那位农民和吴刚一起从播种过的田园走到一道蓝色的河流旁边。你们想不到吧？月亮的船这时好像为一位魔术师在暗中所驾驶，开到这条河流前面的码头近旁来；那位农民便和吴刚一起，又坐上月亮的船，从这条河流开到另外一块天空的田园前面来——于是，月亮的船就在另一块田园前的码头边停靠下来，吴刚和那位农民手中各携一只篮子，两人一前一后地，一步一步走上码头的石阶，走到一块新的田园上来了。五位豌豆仙子这时都听见那位农民对吴刚说："我们现在这里种葡萄的秧苗，好吗？"

吴刚说："好！"

说着就把长长的衣袖卷起来。

真的，这是世界上栽植葡萄苗最美丽的情景啊，这也的确只有童话世界中间才能看到的情景啊。只见那位农民和吴刚一起，从篮子里取出葡萄秧，插在天空的田园里时，——每插上一枝葡萄秧，在地面上的人们，便看见天上闪出一颗星！他们插了好多好多的葡萄秧，天上便出现好多好多的星星……

五位豌豆仙子看了，问豌豆姐姐说：

"那种在天空中的葡萄秧，长大了，会长出葡萄藤和卷须吗？"

"当然会的，"豌豆姐姐说，"我敢说，再过几天，农民和吴刚一定会来搭葡萄棚的，到那时，棚上便挂上浓密的绿叶和卷须……"

"他们也结葡萄吗？"五位豌豆仙子问道。

"当然结葡萄的，"豌豆姐姐说，"那是要到七月来到的时候，葡萄开花了，又结了一串串的果实，那时就会有蜜蜂在葡萄架下飞来飞去，还有蝉在鸣叫……那时，这天空中的葡萄园会显得多么美丽——而在地面上看去，全是一颗一颗的星星！"

亲爱的小读者，你们知道吗？当豌豆姐姐和五位豌豆仙子在谈话时，那位农民和吴刚已经离开天空中这座刚插上秧苗的葡萄园。他们走到河边来——说也奇怪，月亮的船这时已开到河边的码头前，于是，他们两人一级一级地走下石阶，登上了月亮的船。这时，只见月亮的船载着那位农民和吴刚，一直向西边的地平线开去：这在地面上看来，便是月亮要下山沉落了……

豌豆姐姐对五位豌豆仙子说："月亮的船已经开走了。明天晚上，我们还要看到这只月亮的船又开到天空中来！那么，今晚，天迟了，你们闭上眼睛睡觉吧！"

"好的！"

五位豌豆仙子像过去一样，同时闭上眼睛睡了。于是，豌豆姐姐在他们的额上亲了一下，她自己也睡觉了。

## 第四个童话：他们到月宫去……

你们读过安徒生的童话《梦神》吗？安徒生说："世界上再没有谁像奥列·路却埃那样，能讲那么多的故事了——他才会讲呢！"奥列·路却埃是一位梦神，只要他在孩子们的眼睛里喷了一点甜蜜的牛奶，只要一丁点儿，便足够使孩子们张不开眼睛，看不见他；他在孩子们的后面，吹他们的脖子，于是孩子们便睡了。然后，他在孩子们的床边坐下来，把一把上面绘着图画的伞在孩子们的头上撑开，孩子们便能梦见美丽的故事。亲爱的小读者，我在上面已经讲了三个童话。你们知道吗？奥列·路却埃现在也来到五位豌豆仙子所住的豆荚的小床边了，他把那把画着图画的伞，在五位豌豆仙子的头上撑开。于是，他们便做起梦来。

"五位仙子，你们好。"奥列·路却埃向豌豆仙子致意，"我是从丹麦来的。你们现在要我给你们帮什么忙呢？"

"你好，"五位豌豆仙子梦中从豆荚的小床上站起来，"我们认出来了，你就是安徒生爷爷在童话《梦神》里告诉我们的奥列·路却埃叔叔吗？你好！"

"现在，你们想到哪里去，我都可以帮忙。"

"我们想到中国神话里所说的月宫里去，去看看吴刚爷爷。"

"行！"

于是，五位豌豆仙子就在路却埃叔叔那把有魔法的伞的指引下，坐上月亮的船。五位豌豆仙子只在童话中知道有月亮的船，这一次在梦中真的坐上月亮的船了。原来这月亮的船上点着许多风吹不熄的蜡烛，所以整只船都是明亮的。奥列·路却埃叔叔坐在船头，把两面船帆挂起来，月亮的船便向前行驶了——

亲爱的小读者。这月亮的船开得很快，五位豌豆仙子坐在船舱中，往窗口向外面看风景，只见满天都是麦穗的星、葡萄的星、玉蜀黍的星和稻穗的星……不久，月亮的船便开到有很多白云环绕着的月宫前面来了。奥列·路却埃喷了一口有魔法的牛奶，月亮船上的帆便落下了，船身便靠在月宫的码头前面。随后，路却埃叔叔便领着五位豌豆仙子一步一步地走上白大理石砌成的台阶，走到月宫前的花园里来。这时，吴刚已经等候在码头上。你们知道，吴刚是中国古代神话中的人物，至于奥列·路却埃，一开始就介绍过，他是安徒生的童话中的人物。两人相见，吴刚行了一个古代中国人的作揖礼，路却埃行了一个丹麦人的见面礼，两人随即携着五位豌豆仙子的手，一直走到月宫的庭院中来——

"好香啊！"五位豌豆仙子说道。

他们亲眼看见月宫中有一棵好高好高的桂树了。只见路却埃叔叔也说道：

"真香！这么老的桂树，我也是第一次见到的！"

吴刚听了，微微地笑，点点头。这时，桂树上忽然传来鸟声：

"鹊！鹊！鹊！"

五位豌豆仙子和路却埃叔叔一起站在桂树下面，抬头一看，原来是七只喜鹊在桂树上飞来飞去——他们的翅膀拍打的时候，桂树上有许多丹红色的桂花纷纷落下来，有的撒在五位豌豆仙子的肩上，有的撒在路却埃和吴刚的肩上，有的撒在地上。

吴刚说：

"这几只喜鹊是从银河那边飞来的——在那辽远的、辽远的银河旁边，住着牛郎和织女，喜鹊是他们的朋友……"

"是啊，鹊！"桂树上的七只喜鹊一齐叫道，"我们是从银河那边飞来的——请五位豌豆仙子，也到我们那里玩耍。鹊！鹊！你们来时，我们一定和牛郎、织女一起站在河边欢迎你们！鹊！鹊鹊！"

七只喜鹊看看路却埃叔叔和五位豌豆仙子站在一起，又叫道：

"丹麦的路却埃叔叔，请你真的带五位豌豆仙子到银河来玩玩！"

"好的！"路却埃叔叔点头说，"我一定和豌豆仙子一起来！——我有这么一把伞，只要我把伞在他们头上撑开，他们就可以到银河那里去，好办的！"

路却埃叔叔说着，把手中的伞摇了一下。就在这时，一只月宫中的白兔跑出来了。

白兔哥哥向路却埃叔叔和五位豌豆仙子问好：

"你们好！欢迎你们到月宫来玩！"

亲爱的小读者，月宫里的这位白兔哥哥可有本领呢！他有长长的耳朵，红宝石一般的眼睛，这和我们平常看见的白兔哥哥是一样的。可是，这位白兔哥哥和吴刚一起住在月宫里已几千万亿年了。更要紧的是，这位白兔哥哥是制药的能手，他在月宫里，用一个白玉雕成的臼子和一把玉雕的药槌，整天在捣草药，非常勤劳⋯⋯

吴刚对五位豌豆仙子说：

"白兔哥哥捣的草药可灵验呢！牙疼啊，肚子痛啊，喝了白兔哥哥的草药汤，马上便不疼了⋯⋯"

白兔哥哥说：

"那草药是吴刚爷爷教我捣的！"

就在这时，吴刚请路却埃叔叔，请五位豌豆仙子，一起到月宫里去走一趟。月宫里回廊、殿堂的柱子都是玉雕的，殿阶是大理石砌成的，宫殿上有一匾额，上面书写"广寒宫"三个大字。这月宫里的确很冷，但是大家走了一阵，全身都感到暖和了。吴刚和路却埃携着五位豌豆仙子的手，跟着白兔哥哥走——原来，白兔哥哥要他们到自己家做客。亲爱的小读者，月宫里白兔哥哥的住屋，和我们在《娃娃画报》或其他给孩子看的什么画报上所画的兔舍十分相像，但三角形的屋顶是用紫色的玉雕成的，两扇门是用象牙雕成的。

门不关，一到门口，白兔哥哥就很有礼貌地说：

"请进来坐坐吧！"

这时，那七只喜鹊也飞到白兔哥哥住屋的门前来，在空中飞着，叫道：

"欢迎大家到白兔哥哥家里来玩！"

七只喜鹊说着，便和吴刚、路却埃和五位豌豆仙子一起进了白兔哥哥的家。真是有趣，地上全铺着桂树的叶子，发出阵阵的叶香。真是有趣，屋里十分暖和，有时又有微风吹来桂花的香气。白兔哥

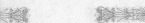

哥其实已活了几千几万亿年了，他和吴刚的年纪差不多大，看来却像一位少年。他用玉杯斟满了药茶，请喜鹊、豌豆仙子、吴刚和路却埃喝茶。真是有趣，大家喝了白兔哥哥的药茶，便都不约而同地唱起月宫中的歌，跳起月宫中的舞来了，大家都显得非常非常的快乐了，实际上是开一个舞会了……

路却埃叔叔是一位能歌善舞的人，他的歌声最响亮，他跳得最轻快。五位豌豆仙子以至白兔哥哥、七只喜鹊和吴刚，不觉间都学他唱歌和舞蹈。我们可以说，他们唱的时候，就像有许多笛子一起吹奏起来，他们舞起来时，就像是无数花朵在飞舞。这一晚在月宫白兔哥哥家里真是玩得太有意思了……

五位豌豆仙子在这美丽、有趣的梦中，叫道：

"路却埃叔叔，我们感到白兔哥哥家里的舞会真好啊！——"

亲爱的小读者，正当五位豌豆仙子说话时，豌豆姐姐一下听见了，马上拍着他们的身子，哄着他们说：

"好好睡觉，天还没亮呢……"

这时，路却埃叔叔赶快将那把伞在五位豌豆仙子头上撑开；这么一来，五位豌豆仙子马上走出梦境，他们在豆荚的小床上搓着眼睛，说道：

"天还没亮啊？——我们刚才到月宫里去……"

他们模模糊糊地想了一下，翻了一个身，又睡着了。

## 第五个童话：麦田、葡萄园……

今天晚上，这是一个十分美丽的夜晚。天空中的星星，从我们地面上看去，像宝石一样闪闪发光。至于上弦月，看去就像一把玫瑰黄的镰刀，也有点像一艘玫瑰黄的、象牙雕成的小舟，这都是说，从地面上看去是这样的。此外，还有美丽的银河，那银河中，有小鱼，鳞上发亮的小鱼，在游来游去？或是浪花在闪闪发光呢？

豆畦的篱笆外面，小河在唱着催眠歌，他好像是为岸上草丛间的青蛙、蚱蜢们唱催眠歌的，而蟋蟀似乎还没有睡觉，或者已经睡觉了，但在梦中唱歌。这时，豌豆姐姐坐在豆荚小床旁边的花蒂上，看看五位豌豆仙子都睡着了，她自己不觉也睡着了。

亲爱的小读者，安徒生的童话《梦神》中的梦神——丹麦人奥列·路却埃叔叔，又来了。他想到上次来的情况：忘记请豌豆姐姐和五位豌豆仙子一起到月宫里去玩。今晚，他走进豆畦的篱笆小门以后，轻轻地走近豌豆姐姐的花蒂旁边，轻轻地走近五位豌豆仙子所睡的豆荚小床。随后，他在豌豆姐姐和五位豌豆仙子的脸上喷了一口有魔力的牛奶，让他们睡得更熟。接着，他把挟在腋下的那把画着图画的伞举起来，又撑开了，放在他们的头上。于是，豌豆姐姐和五位豌豆仙子便和他一起走进美丽的梦境中了……

"路却埃叔叔，"五位豌豆仙子一齐叫道，"我们又见面了！"

路却埃叔叔说："今天，我把豌豆姐姐也一起请来——"

五位豌豆仙子看见豌豆姐姐和他们在一起，高兴得不得了。他们跳起来，说：

"我们今天到哪里去玩呢？"

只见路却埃叔叔一招呼，天空中那个上弦月，这时变成一只挂起两桅船帆的、玫瑰黄的、发亮的船，一下子驶到他们的跟前来。路却埃叔叔请豌豆姐姐、五位豌豆仙子先上月亮的船，随后他自己也跳上船舷，把船锚拉起来。于是，月亮的船就向前行驶了。

亲爱的小读者，现在由路却埃把月亮的船驾驶在蔚蓝的天空的大海中，豌豆姐姐和五位豌豆仙子从船舱中看出去，看见白云一朵又一朵地，小的像棉花，大的像绵羊，甚至像冰山，迅速地从月亮的船的两边飞过去。不一会，月亮的船便在一片天空中的田园前面停靠了。只见路却埃喷了一口有魔法的牛奶，这片天空中的田园里的麦子都长大了，长大了，长大了，麦秆上的节和叶都抽长了；然后，秆顶抽出麦穗了，慢慢地，这大片的麦田，都变成金黄色的了；天风吹着，这大片的麦田，好像一片金黄色的大海，扬起金黄色的海浪……

这真是多么美好啊！五位豌豆仙子，以至豌豆姐姐看到了，都欢喜得不得了。

"这片天空中的麦田，原来不是吴刚和那位农民（我们在第三个童话中已经介绍过）一起播下麦种的吗？——"五位豌豆仙子想了一想，说道。

"那时，"豌豆姐姐说，"我们是从豆畦里，从地面上看吴刚和农民一起播了麦种——从地面上看，他们播下的麦种长出的麦苗，就是天上的星星。现在，我们自己到这天上的麦田里了……"

"对！对！"路却埃叔叔说。他数着，随手摘了一枝麦秆，做了麦笛，又放在唇边吹起来了：

　　　把劳动的欢情，
　　　从小小的笛管里吹出来吧。
　　　吹出劳动的欢情，吹出收获的甘美。
　　　吹吧，把音乐的阳光和花瓣，
　　　洒在我们自己的土地上，
　　　洒在我们自己劳动又自己收割的土地上，
　　　洒在梦想中的土地上……

亲爱的小读者，你们听见路却埃叔叔在天空的麦田中吹出来的麦笛声吗？他吹出来的笛声，像朗诵散文诗一般好听，以致五位豌豆仙子和豌豆姐姐听了，都拍着拍子，按着节奏跳起舞来。嗬，你们看见了吗？还有一双一双地飞舞的、有孔雀的翎羽一般美丽的羽毛的飞鸟，在他们的头顶飞翔——这是什么鸟啊？

"听到我的笛声，"路却埃叔叔说，"中国古代传说中的凤凰，也一对一对地飞来了！"

就在这时，路却埃叔叔又喷了一口有魔法的牛奶，只见月亮的船一下子升起两杆船帆，顺着天风开到天空中的麦田的岸边来了。而且，说也有趣，岸边立刻出现一座码头，豌豆姐姐和五位豌豆仙子先上了船。随后，路却埃叔叔挟着伞，一下子跳上船。说也有趣，月亮的船立刻向前行驶了。

"现在，"路却埃叔叔说，"我们的船要开到一座天空中的葡萄园里去——"

路却埃叔叔的话，还没说完，五位豌豆仙子便高兴得跳起来，说：

"是不是吴刚和农民（提醒小读者，这在我们的《第三个童话：播麦种和插葡萄苗》中也谈到）种的那片葡萄园？"

豌豆姐姐说："当然是呢！那天，我们也是在豆畦里，在地面上看他们种葡萄苗，现在，我们自己走到这座葡萄园中来——"

他们从船舱里向船外观看，只见一朵又一朵的白云，有的像一群一群绵羊，有的像一座一座的冰峰，迅速地从船外往后面飞去。不一会，月亮的船便在一片天空中的葡萄园前面停靠了。说也奇怪，当船靠岸时，岸边立时出现一座码头，这次是路却埃叔叔先上岸。随后，他扶着豌豆姐姐上岸，又携着五位豌豆仙子上岸。

路却埃叔叔说："小心点儿走。刚才天空中可能下过一阵骤雨，这是为葡萄浇水的。路上有点滑……"

　　五位豌豆仙子和豌豆姐姐，一上岸，只觉得有一阵阵的果香随着天风吹来，这香味使人闻到，会感到多么愉快。

　　亲爱的小读者，这座葡萄园就是我们在第三个童话中所说的，是吴刚和农民一起种的。现在，这座葡萄园里已经搭了很多很多的棚，葡萄藤都已经攀上棚顶；从那些叶和籐蔓间，有一串一串的葡萄垂挂下来，发出一阵一阵的果香……

　　路却埃叔叔走在前头，豌豆姐姐携着五位豌豆仙子沿着园前的一条小径，走进葡萄园。他们抬头一看，棚上的确已经垂下一串一串的葡萄，但是看起来还未成熟。只见路却埃叔叔一进入葡萄园，抬头一看，搔了一搔头发，想了一下，立刻喷了一口有魔法的牛奶。这座天堂中的葡萄园里的葡萄，一下子都变大了，变大了，变大了，由绿色变成紫色的了，每颗葡萄都现出一点点白色的果粉，看过去都是透明的，好像紫水晶雕成的……

　　"我们一进来，"五位豌豆仙子说，"葡萄马上都成熟了……"

　　豌豆姐姐说："这园里的葡萄，如果我们从豆畦里看过来，如果从地面上看过来，都是一颗一颗闪闪发光的星星……"

　　五位豌豆仙子说："多好啊。我们现在可真的走进天空中的葡萄园里了！"

　　正在这时，豌豆姐姐和五位豌豆仙子，闻到一阵一阵的葡萄香，又听见一阵一阵的嗡嗡声。他们一看，原来是一群一群的蜜蜂，闻到果香，都飞来了。

　　这一群一群的蜜蜂，看见了豌豆姐姐和五位豌豆仙子，都向他们问好，说：

　　"你们好！——没想到你们更早地来到这座葡萄园了！"

　　原来这些蜜蜂，都是常常飞到豌豆姐姐、豌豆仙子们的田畦里游玩、采蜜的。

正在这时，只见路却埃叔叔把有魔力的牛奶，向葡萄园的地上一喷，说道：

"豌豆仙子们，我为你们再邀请一些朋友来！"

豌豆仙子们和豌豆姐姐，顺着路却埃叔叔的手所指的方向，看见地上有两队蚂蚁的兵队在游行：一队是黑蚂蚁，队伍很长很长，而且，好像一直走不完；这队黑蚂蚁的兵队，由一位穿黑色军服的蚂蚁军官带领，雄赳赳气昂昂地自北向南开步走。另一队是黄蚂蚁，队伍很长很长，而且好像一直走不完；这队蚂蚁的兵队，由一位穿黄色军服的蚂蚁军官带领，雄赳赳气昂昂地自南向北开步走。两位军官相遇时，都互相行了军礼；两位军官看到豌豆仙子们和豌豆姐姐一起站在葡萄棚下向他们的队伍招手，也向豌豆姐姐和五位豌豆仙子行了军礼。

正在这时，路却埃叔叔摇一摇手，向园中的蚂蚁兵队，蜜蜂们，向五位豌豆仙子和豌豆姐姐，大声说道：

"现在，我们一起来庆祝葡萄园中的丰收！"

路却埃叔叔说着，把手中的那把绘着图画的伞又摇了一摇。亲爱的小读者，这时，天空中葡萄园里显得多么热闹，充满欢庆和节日的热烈气氛。只见园中所有的蜜蜂，都鼓着双翅，大声地唱歌，尽情地飞舞；最动人的是，黑蚂蚁兵队和黄蚂蚁兵队，经路却埃叔叔在他们的队伍上面喷了一口有魔法的牛奶后，蚂蚁们都变大了，高了，或者在胸前挂着一只鼓，"咚！咚！咚！"地敲着，或者在口中吹着一把喇叭，"知达知达"地不断吹出好像军乐一般的号声来。路却埃叔叔便带领豌豆姐姐和五位豌豆仙子，按着拍子，在蚂蚁们敲出的鼓声，吹出的号声中，和蜜蜂们一起唱歌，跳舞；嗬，看啊，还有一双一双地飞舞的、有孔雀的翎羽一般美丽的中国古代传说中的凤凰鸟，也飞到葡萄园来了。他们是听见歌声、鼓声和喇叭声，也赶来庆祝葡萄园的丰收。这时，葡萄棚中间，仿佛有一阵又一阵的天风吹过，每串成熟的葡萄都感动地颤动着，发出越来越浓郁的果香……

这天空中庆祝葡萄大丰收的情景，路却埃叔叔来到天空中的葡萄园里，带领五位豌豆仙子和豌豆姐姐，以及蚂蚁的兵队和蜜蜂们一起在这里热烈地跳舞、欢呼、唱歌的情景，从豌豆姐姐的豆畦里，从地面上——不管是从山顶，或是从航行的海船上，或是从住屋的阳台上……看过去，只见这一晚天空中的繁星多么灿烂，闪闪烁烁，多么明亮！

说也奇怪，一艘月亮的船挂起船帆，驶到葡萄园前面的码头了。

路却埃叔叔对五位豌豆仙子和豌豆姐姐说：

"现在，我们搭船回去吧……"

只见路却埃叔叔把他的伞在五位豌豆仙子和豌豆姐姐的头上一摇，他们立刻坐上了船；当月亮的船向前行驶时，他们听得见蚂蚁的兵队列队在码头前打鼓，吹喇叭欢送他们，凤凰鸟和蜜蜂们也在码头的上空飞舞，欢送他们……不一会，月亮的船便在天空的白云间航行；又不一会，月亮的船就驶进豌豆姐姐和五位豌豆仙子居住的豆畦前面的那条小河了。路却埃叔叔又把有魔法的牛奶喷了一口，豆畦前的篱笆的门开了。

路却埃叔叔送豌豆姐姐回到她所坐的花蒂上，送五位豌豆仙子回到他们所住的豆荚的小床里。于是，他向他们招招手：

"再见！我要回到丹麦去了！"

五位豌豆仙子和豌豆姐姐向路却埃叔叔说：

"再见！"

正在这时，豆畦前那道篱笆的门开了。只见路却埃叔叔一直站在门口招手。接着，他的身影慢慢地模糊了，模糊了……

——五位豌豆仙子在豆荚的小床上翻一个身，揉揉眼；豌豆姐姐坐在花蒂上，也揉一揉眼；他们一下子都醒过来了。他们看见清晨的阳光，正照射在他们的豆畦里，也照耀在小河里，照耀在小河对岸的榕树上。榕树上有一个喜鹊阿姨的鸟窝。喜鹊阿姨起身了，飞到篱笆上，向豌豆姐姐和五位豌豆仙子问好：

"早安——昨天晚上，我梦见你们坐着一只明亮的船，行驶过小河……"

豌豆姐姐和五位豌豆仙子都说：

"是的！这两天里我们梦见我们到天上的月宫、麦田和葡萄园里去，都是一位叫路却埃的叔叔带着我们去的。晚上，他说不定还会来……"

"那，他能不能也带我们到月宫或是别的地方去玩一玩呢？——"喜鹊阿姨说。

"我想，"豌豆姐姐说，"路却埃叔叔一定会带你去的。"

"鹊！鹊！那多好！"喜鹊阿姨说。

"那么，"五位豌豆仙子一齐说，"我们今晚一起跟路却埃叔叔去旅行……"

"鹊！鹊！鹊！"喜鹊阿姨大声叫道。

这时，豆畦里充满快乐的气氛，因为喜鹊阿姨的叫声，总是那样的叫人感到欢喜……

## 第六个童话：银河

一个春天的晚上又到来了。

亲爱的小读者，路却埃叔叔腋下挟着一把伞，兴致勃勃地又从丹麦来到豌豆姐姐和五位豌豆仙子居住的豆畦里。他看见豌豆姐姐在花蒂上睡得很好，又看见五位豌豆仙子在豆荚的小床里，也睡得很熟。他忽然想起什么似的，走出豆畦的篱笆门，走到小河边的一棵大榕树下，他抬头一看，喜鹊阿姨和她的五位喜鹊小弟弟在窝里也睡得很熟。于是，他向鸟窝里喷了一口有魔法的牛奶，只见喜鹊阿姨和五位喜鹊小弟翻了一个身，又揉揉双眼。路却埃叔叔把画有各种图画的伞在他们的头上撑开。于是，他们开始看见路却埃叔叔了。

喜鹊阿姨马上向她的五位喜鹊小弟弟说：

"你们向路却埃叔叔问好吧！——豌豆姐姐告诉过我，他会带我们到太空中许多地方去玩！"

"鹊！鹊！"五位喜鹊小弟弟拍手说，"路却埃叔叔好！"

路却埃叔叔把伞挟在腋下，对喜鹊阿姨和五位喜鹊小弟弟说：

"今天晚上，我带你们和豌豆姐姐、豌豆仙子一起去游太空中的银河……"

"好极了！好极了！"

于是，路却埃叔叔便带着喜鹊阿姨和五位喜鹊小弟弟走进豆畦的篱笆门。他又撑开伞，在五位豌豆仙子和豌豆姐姐的头上摇了一摇。于是，他们都看到路却埃叔叔了。

他们高兴得拍起手来，一齐说：

"路却埃叔叔，我们多么欢喜啊！我们又见到你了！"

路却埃叔叔把伞挟在腋下，也高兴地说：

"今晚，我把喜鹊阿姨和五位喜鹊小弟弟都请来了！——你们一起和我去游银河吧！"

他说着，喷了一口有魔法的牛奶，豆畦的篱笆门前，小河边，立刻驶来了一只黄色的、明亮的、月亮的船，并且，出现了一座码头。于是，路却埃带头，豌豆姐姐、五位豌豆仙子跟在后面；再后面，喜鹊阿姨带领五位喜鹊小弟弟一起拍着翅膀，——大伙走下码头的石级，一起走进月亮船的船舱了。说也奇怪，今晚月亮的船，比五位豌豆仙子前几次所搭的，变得更宽敞了。月亮的船就在小河中向前航行。不一会，说也奇怪，船上竖起三根桅杆，三张黄色的、明亮的船帆也升起来；而且，啪！啪！噼！好像有发动机的声音，在船头响着……

"这条小河，"路却埃叔叔对大伙说，"是流向银河去的……"

"真的吗？"大家一齐问起。

大家一齐从船舱的窗口看出去，望见河岸上的榕树、甘蔗田、黄麻地、干草堆，还有稻田里的稻草人叔叔，远远的丘陵旁边的风车，远远的山影，都很快地向后面闪过去。随后，有闪闪发亮的电灯的小镇，还有小镇前一条小溪岸上的、正在打转的水磨坊，——一向船后闪过去。说也奇怪，当月亮的船在小河中航行时，河中的小鲤鱼、青虾都跳出水面，向乘坐月亮的船的路却埃以及豌豆仙子、喜鹊小弟弟和喜鹊阿姨、豌豆姐姐致意：

"祝你们旅途愉快！"

有时，岸上的青草丛间，也有青蛙在半睡半醒间，模模糊糊地看见月亮的船从河中行驶而过，船上有喜鹊阿姨、豌豆姐姐等许多旅客，也叫道：

"咯！咯！祝你们旅途平安！"

亲爱的小读者，月亮的船在小河中行驶，不觉之间，浪越来越大，河面越来越宽。你们知道，这时，月亮的船好像我们平常所乘的，在海上航行的轮船一般，开足了马力——啪！哒！啪！哒！哒！一下子转了一个大弯，这时，月亮的船就驶入银河中间了！这时，只见五位豌豆仙子、五位喜鹊小弟弟、豌豆姐姐和喜鹊阿姨，从船舱的窗口，望见一堆一堆的白云从船边不断地，好像雪浪一般的向船后涌过去。

路却埃叔叔向大家说：

"我们已经开始航行到银河的进口了！"

大家更加兴致勃勃地往窗口外面瞭望，只见那云的雪浪，更加汹涌了，无数的雪浪这时好像无数的冰山向船后闪过去，冰山上飞起无数冰雹一般的水沫。月亮的船这时上下不止地颠簸着，摇晃着，船外的天风呼呼地响个不停。可是，五位豌豆仙子、喜鹊小弟弟都一点也不感到害怕，他们还在月亮的船的舱内跑来跑去，只有喜鹊阿姨、豌豆姐姐感到有些头晕。

路却埃叔叔说：

"我们穿过这处银河和地面小河的交叉口，进了港口，便到银河的第一峡……这第一峡便风平浪静了！"

路却埃叔叔正说着，只见月亮的船已冲过港口的白云的雪浪和冰山，进入银河的第一峡了。这时，豌豆姐姐、喜鹊阿姨一点也不觉得头晕了。大家从船舱的窗口，看见银河的两岸，全是星星缀成的山岩，从山岩间，远远可以望到山岩间有星星的瀑布、桥；有许多森林，森林里的每棵树都缠着藤，说明这森林是很古老的——至少有几千几万亿年了。这些森林和藤，也是星星缀成的。这银河的第一峡，它的两岸的风光，实在美妙极了。月亮的船这时在白云的浪中平稳地向前航行。五位喜鹊小弟弟、豌豆仙子以至豌豆姐姐、喜鹊阿姨看得简直入神了。

喜鹊阿姨不禁地赞美道：

"鹊！鹊！"

喜鹊小弟弟跟着叫道：

"鹊！鹊！"

五位豌豆仙子和豌豆姐姐对银河第一峡的风景也赞美不已。忽然，他们看见右边的河岸上，在山岩之顶，有一座星星缀成的庙宇，在闪闪发光。瞭望过去，庙宇前面，有星星缀成的石阶、小径，还有几棵十分高大的星星缀成的古树。

路却埃叔叔指着那座庙宇，对大家说：

"那是一位古代的诗人的庙宇。他写了很多诗篇，包括许多美丽的童话散文诗——专门唱给孩子们听的，所以建了庙宇纪念他！"

路却埃叔叔正说着，月亮的船忽然又不止地摇晃、颠簸起来。白云的雪浪和冰山不止地向船后闪过去；那溅起的白云的雾和泡沫，把银河两岸的风景都迷蒙了，尽力瞭望，也只能看到模糊的影子。

路却埃叔叔赶快对大家说：

"现在，我们乘坐的月亮的船，马上要驶进银河的第二峡了！"

路却埃叔叔正说着，只见月亮的船已冲过银河的第一峡与第二峡之间的窄口：这里，银河两岸相隔很近很近，就像一个小瓶的瓶口，白云的浪拍在两岸上，溅起千万堆的雪花；这雪花汇成一股一股的雪水，从月亮的船的船顶泼过去。说也奇怪，月亮的船一下子冲过这瓶口似的峡口，驶进银河的第二峡了。这时，月亮的船又开始平平稳稳地在云的白浪中航行。银河两岸又出现了另外一种风景。只见两边岸上的山岩，有的是星星缀成的牛、羊、马，或者成群成阵在岸上吃草，或者卧在草地休息，或者把身躯在一棵树上磨来磨去……因为这些牛、羊、马都是星星缀成的，所以都是闪闪发亮的，显得十分美丽。过了这一段全是像羊、像牛、像马的星星的山岩，月亮的船再向前行驶时，坐在船舱里的五位喜鹊小弟弟，首先一齐叫道：

"鹊！鹊——前面山岩又出现一座宫殿，大家赶快看！"

"在哪里？哪里？"

五位豌豆仙子不禁地往窗外瞭望，喜鹊阿姨和豌豆姐姐也不禁

67

地往窗外瞭望。

"在那里，"路却埃叔叔用手指着说，"在那一大片森林的前面——"

大家照着路却埃叔叔的手所指的方向看去，果然和五位喜鹊小弟弟一样，真的看到远处的山岩间有一座庙宇。这庙宇的屋顶、屋檐、山门以及殿堂，都是大大小小的星星缀成的，所以一直在闪闪发亮。路却埃叔叔真是懂得多。他马上向大家介绍说：

"那宫殿里住着一位妃子，是古代一位皇帝的妃子。她不愿意住在皇宫里，自己走到银河第二峡的山里来住。后来，人家给她造了一座宫殿纪念她——你们注意！等下船经过这座宫殿的岸边时，会闻到一阵一阵香味！"

亲爱的小读者，说也奇怪，月亮的船一下子驶到这座宫殿的岸边了。五位豌豆仙子、五位喜鹊小弟弟、豌豆姐姐和喜鹊阿姨，当真闻到一阵又一阵的香味，从这段银河的白云的波浪间飘进船内。

"多么香！"

大家一齐叫道，赞美不止。

路却埃说："这一段银河，叫做香河。因为宫殿里的妃子常到河边洗衣衫，她的衣衫里会散发香味，使银河里白云的水也散发了香味……"

路却埃叔叔正说着，月亮的船又开始颠簸不止，船外白云起了巨大的波浪，有的像一座雪山，有的像偌大的冰块，溅起无数泡沫，不止地向船后闪过去。这时，月亮的船原来已行驶到银河的第二峡和第三峡的峡口了。这峡口也像一只水瓶的瓶口，很窄，月亮的船恰好能行驶过去。多么好啊！过了这窄窄的峡口，月亮的船驶进银河的第三峡了！

"多么美丽啊！"

"真是好看极了！鹊！鹊！"

只听见坐在船上的豌豆仙子、喜鹊小弟弟、豌豆姐姐和喜鹊阿姨都欢呼起来。

路却埃叔叔对大家说：

"这里已是银河的第三峡了！——这个峡，也叫天书峡，也叫牛郎织女峡……"

说是天书峡，很有道理。这第三峡的银河河道曲曲折折，有许多险滩。但是不要紧，因为这些险滩也是缀满星星的，很明亮，不是暗礁。月亮的船从银河的第三峡，绕着许多险滩航行，船身不止地上下浮动。但五位豌豆仙子、五位喜鹊小弟弟、喜鹊阿姨和豌豆姐姐一直从船舱的窗口向银河的两岸眺望。只见两岸的山岩，一层一层，一叠一叠，好像无数书籍排列在那里！

路却埃叔叔这时又告诉大家：

"你们知道吗？这两岸上无数的书籍，每页都用星星作文字，记载了种麦、种稻、种葡萄、种柑、种甘蔗、种黄麻、大豆以及种蔬菜、种花生的知识。也记载了造纸、制火药、造指南针、冶铁、炼金、织布的知识。还记载银河本身的起源、历史，记载风、雨是怎么形成的知识，记载怎样耕田、造风车以及舂米、制糖、酿酒和醋，还有怎样烤面包、做甜点心的技术，读了这用星星作文字记载知识的书，便会变聪明了……"

路却埃叔叔看来是十分喜欢书籍的。他很有兴趣地介绍银河第三峡两岸的风光——山岩的书籍的情况。他正津津有味地谈论着，五位豌豆仙子忽地叫道：

"路却埃叔叔，这山岩的书籍中间，怎么还有梯田呢？"

五位喜鹊小弟弟也一齐叫道：

"那梯田里，有人在驱着牛犁田——田边还有一座闪闪发光的茅屋呢！"

路却埃叔叔微笑着，马上说道：

"那就是中国古代传说中的牛郎星！他非常勤劳，一年到头放牛。春天时，在天上犁田的，都是牛郎星……"

五位喜鹊小弟弟和豌豆仙子听了，都拍手道：

"我们这会在银河边看到牛郎星了……"

亲爱的小读者，你们一定听说过，天空中除了牛郎星，还有织女星；他们隔着银河隔岸对望着——听啊，豌豆姐姐、喜鹊阿姨和五位豌豆仙子、喜鹊小弟弟这会都听见有织布机的声音：札！札！札！一声又一声地传到船舱中来。他们一起向发出声音的银河岸上瞭望：那闪闪发亮的山崖边，和牛郎星的茅屋对河相望，也有一座茅屋，屋内有一古代女子，坐在古代的织布机前织布，她便是织女星。织女星的织布机和她的衣衫，全是星星缀成的，一直在闪闪发亮；当然，那茅屋的屋顶和墙，也是星星缀成的，一直在闪闪发亮；最动人的是，那由古代女子在古代的织布机上织出来的布，像星星汇成的瀑布般从机上倾泻下来……

不仅五位豌豆仙子、喜鹊小弟弟、豌豆姐姐和喜鹊阿姨看见了，欢喜得不得了，连路却埃叔叔看见了，也一直在口中赞道：

"太好了！太好了！太好了！"

正在这时，银河的上空，忽地飞来一群太空中的喜鹊——他们的窝，造在牛郎星的茅屋附近的古树上，他们从树上看到月亮的船开到银河的第三峡来了，并且看见船舱里有喜鹊阿姨和五位喜鹊小弟弟。于是，这一群喜鹊便从树上飞起来，向正在犁田的牛郎星说：

"我们飞到月亮船上去会从地面上搭船到银河来的喜鹊们……"

牛郎星点头说："好！"

这一群喜鹊，一下子都停在月亮的船的船头上。路却埃叔叔看见了，马上说：

"喜鹊们，赶快到船舱里来，我给你们介绍船上的新朋友！"

喜鹊们——大约有四十位喜鹊，他们大约都只是十多岁的少年，便一起走进月亮船的舱室内来。他们一进来，不等路却埃叔叔介绍，喜鹊阿姨和五位喜鹊小弟弟都拍手叫道：

"鹊！鹊！欢迎！欢迎！"

豌豆姐姐和五位豌豆仙子也赶到他们面前，和他们拉手。这一群少年喜鹊一下子和路却埃叔叔、喜鹊阿姨、五位喜鹊小弟弟、五位豌豆仙子、豌豆姐姐都熟悉了。他们便自己推举一位代表，向从地面上来的朋友们说：

"在银河两岸，每年农历七月七日的晚上，都举行盛大的提灯会，千千万万的星星都点起灯来！那天晚上，我们住在银河岸上的喜鹊们为织女星和牛郎星在银河上搭一座桥。让他们在桥上相会，互相报告自己的劳动成绩：牛郎星将告诉织女星，他在田地里产了多少稻子、豆子，收了多少黄麻和甘蔗……织女星也将告诉牛郎星，她在一年中织了多少花布，多少麻布，多少棉布……星星们举行提灯会，便是庆祝他们两人的丰收的！——"

"那么，我们也来和你们一起搭桥。"喜鹊阿姨和五位喜鹊小弟弟齐声说，"好吗？"

"我们也提灯来。"豌豆姐姐和五位豌豆仙子一齐说道。

"到时，我也来——照样把伞在大家头上撑开，让你们又坐上月亮的船在银河中航行，从第一峡，一直驶到第三峡！现在，我要把伞撑开来，让你们回去。因为这一次我们旅行得太久了！"

亲爱的小读者，你们看见了吗？这些月亮的船往返航的途中航行了，那一群少年喜鹊（刚才说：大约有四十位住在银河岸上的少年喜鹊）拍着翅膀飞离月亮的船，往牛郎星住的茅屋旁边的一棵古树上飞去了，他们一再地叫道：

"鹊！鹊！再会！"

就在这时，只见路却埃叔叔将那把画有各种图画的伞向大家的头上撑开，说来也奇怪，喜鹊阿姨和五位喜鹊弟弟立刻回到小河岸边一株榕树上的鸟窝里。豌豆姐姐回到豆畦里，坐在花蒂上，五位豌豆仙子回到豆荚的小床上。他们都一下子醒过来了。这时，天刚刚亮，早晨的太阳的第一道金光，照耀着榕树、小河，照耀着豆畦和篱笆的门。这时，喜鹊阿姨和五位喜鹊小弟弟一起从榕树里飞出来，一下停在豆畦的篱笆上，叫道："鹊！鹊鹊！"

这时，豌豆姐姐和五位豌豆仙子也都醒过来。他们向喜鹊阿姨和喜鹊小弟弟问好："早安！"

——这豆畦里的一天又开始了。这一天一定也是很美丽的。不过我们的童话暂且说到这里。亲爱的小读者，我希望有机会时，把豌豆仙子的童话再说下去。再会。

# 豌豆的三姐妹

## 豆　荚

小小的豌豆。
睡在绿水晶般的豆荚里。

那豆荚里面，铺着很柔软的天鹅绒。
他的四周装饰着许多绿叶。

我们的小豌豆，不知道睡在那里
多久了：在那奇异的小床里。

我们不知道，她们做了多少甜蜜的梦了，
那位梦的老人，向她们说了多少故事。

## 她们的回忆

在那奇异的小床里，
睡着豌豆的三姐妹……

"我记得，"小妹妹说，
"我们以前是一朵十字形的小花。

"我还记得，我们有一个香袋，
散着清馨的香味……"

"对了，"二妹妹接着说，
"那时候，我们有好多朋友；

"我很喜欢蜜蜂，那位有点儿莽撞的
小孩子，他会用吸管吮着我们的蜜！"

"他是一位很好的孩子，"姐姐说。
于是，两位妹妹都静心地听着。

"他是一位努力的孩子，"姐姐接着说，
"他喜欢工作，还会造六角形的小屋。"

## 农民阿婶和小鸭

"我们还有一位好朋友，
就是那位老农民阿婶，她每天都来浇水。

"她还为我们编了一道篱笆
她在田里做了好多工作……"

"我记得了，"二妹妹愉快地说，
"姐姐，我记得她戴着一顶雨笠……"

"我也记得了，"小妹妹拍着手，
"有一天她说，小鸭过三天就要孵出了。

"姐姐，我常常想，
小鸭也会像小鸟一样地唱好听的歌吗？

"但是，我不知道三天过去了没有，
我想，我们和她们可以做很好的朋友……"

"她们老早孵出了呢，"姐姐笑着说，
"可是她们天生了一只又长又扁的嘴。

"这样，她们每天只能呷呷呷地叫，
说着最简单、老实的话。"

"可是，最老实的话，"二妹妹沉思地说，
"不是最能打动人的吗？

"我有一位好朋友，她写信说，
她家里有好多小鸭，因此我很爱小鸭子……"

"那么，让我们写信，

请她们来玩吧!”小妹妹提议说。

“不，她们还很小呢!”姐姐说，
“她们睡在老农民阿婶做好的草窝里；

“因为她最疼爱幼小的生物，
小鸭、小狗，豆和瓜们……”

## 小 学 生

“静静地听吧，”姐姐说，
“小学生来了。”

“我们在这里，
唱一首歌来欢迎他吧!”

小学生来了，
拍着小手，穿着翻领衬衣。

他很快乐，
他坐在豌豆的旁边。

“小学生叔叔，”小妹妹致欢迎词，
“你好啊，我们来谈谈话吧!”

小学生惊住了，

但他马上相信声音是从豆荚里发出的。

"豌豆姑娘，你好啊！
——我们谈些什么好呢？"他想着说。

"请你说一个故事吧！"
二妹妹马上说。

"嘀，那多么好，
我讲安徒生的童话：豌豆上的公主！"

于是，三姐妹都静静地
坐在小床上听着，脸上现出惊喜……

等了一会，
小学生的故事便说完了。

"小学生叔叔，
你说得多好啊，我们多么喜欢你！"

"真的，"小学生说，"我一看到你们
那简单的、美丽的小床，便想讲故事了！"

## 晚　　安

小学生回去了，

晚上来了。

我们的小三姐妹，
静静地睡在那绿色的小床里。

星星撒下祝福，
为好心的人们，露水也撒下珍珠了⋯⋯

梦的老人，走进叶丛了，
而我在这里，向你们道一声晚安！

1944 年

# 草丛间的童话

## 溪边的草丛

走过我们村庄的石桥，你能够看到，在石桥和那用鹅卵石垒筑的溪岸相连的地方，有一大片草丛。

不知怎的，我有时会在心中想着，那一大片草丛是一个小小的、快乐的村庄。

不知怎的，我有时会想着，那快乐的小村庄里，有许多用草茎和草叶编成的小屋。

那小屋有门，有许多窗；那许多窗，每天都打开着。早上，让太阳光照进来；晚间住在那里的人，从窗口仰望天上的星星和月亮。

不知怎的，有时我还会想到，这个草丛的村庄，每家的门前有一个花园，种着很多花。

嗬，可真的还有一个草丛的村庄，不就建筑在我们村庄的石桥和溪边相连的地方吗？

## 我听见纺车的声音

今天晚上，月亮已经升得很高很高了。我看见今晚的月亮，是

扁圆的，是黄色的。

我看见今晚的月亮，从溪边的乌桕树的树枝间，向那个草丛的村庄照耀着一大片清光了。

这时，我心中忽地想起来了，那个草丛的村庄里，也住着好多好多的小孩子呢。

我一边想着，一边听着。

嗬，可真是的，慢慢地，慢慢地，我听见有一阵一阵纺纱的声音传来了；听见有一阵一阵摇着纺车的声音，正从那个照耀着月光的草丛的村庄里传来了。

我一边听着，一边向那个草丛的村庄里眺望着。

嗬，可是真的，慢慢地，慢慢地，我看清楚了；我看见那个草丛的村庄里，有一家用草叶编成的窗正大大地开着。

我眺望着那窗口；我看见那窗后面的屋里，坐着一位小姑娘；她的面前坐着她的祖母。

——我看见那个小姑娘和她的老祖母，身上都穿着轻纱般的、淡绿的衣裳，她们把这轻纱般的衣裳张开来，便是能够飞翔的轻翅。

我听见那老祖母给那个小姑娘说一个故事，一个能够织布又会打仗的古代女孩子的故事，又教着那个小姑娘，读着诗：

"唧唧复唧唧，
木兰当户织……"

我看见那小姑娘，轻轻地扇开她那轻纱般的衣裳，听着老祖母讲故事，又跟着老祖母朗诵着：

"唧唧复唧唧，

木兰当户织……"

于是，听啊，整个草丛的村庄里，都传来了纺车的声音，这真是多么好听的劳动的声音啊。看啊，天上一个扁圆的、黄色的月亮，也悄声地听着，把一大片清光洒到那个草丛的村庄里了。

## 我听见小提琴的声音……

夜间，月亮已经升得很高很高了。我看见这个月亮从溪边乌桕树的枝丫间，把一大片清光洒到溪边那个草丛的村庄里了。

这时我静静地听着；嗬，可是真的，慢慢地，慢慢地，我听见那个草丛的村庄里，传来一阵又一阵小提琴的演奏声。

——嗬，我听人家说过，那草丛的村庄里，住着一位少年音乐家，名叫蟋蟀。他是一位很好的、勤奋的少年，天天晚上学习演奏小提琴。因此，后来他成为童话世界里一位少年提琴家，这优美的小提琴声，是他演奏的吗？

嗬，真的，真的，有一阵又一阵小提琴演奏声，从那草丛的村庄里传来了。

那小提琴拉得多么好啊，我静静地听着，听着。

一会听来，感到那琴声，好像是泉水从山谷里流到溪中来了。

有时听来，好像是给一位小姑娘唱的一首儿歌拉着一支伴奏曲。

一会听来，感到那琴声，好像是一阵细雨打在竹林里的声音传来了。

我静静地听着，听着。

感到这小提琴的演奏声，可真是多么好听啊；我一边听着一边想，这小提琴的演奏声，是从那个草丛的村庄里，一座露天的音乐

84

厅里传来的吧？那村庄里，今晚真的在那音乐厅里开一个月光音乐会吗？这小提琴真的是那位少年音乐家蟋蟀演奏的吗？一定有好多好多的小孩子来听演奏吧？……

听啊，那草丛的村庄里传来一阵又一阵小提琴的演奏声；看啊，天上一个扁圆的、黄色的月亮，也在悄声地听着，把一大片清光洒到那个草丛的村庄里了。

## 月亮躲到云里去了……

夜云从山冈和林梢后面涌上来了。

月亮向云中游进去了，躲到云里去了。

夜把轻纱的幕垂下来了，垂到那个草丛的村庄里了。

这时，我看见草丛的村庄里，那些用草叶和草茎编成的小屋，有的把窗关上了。有的把电灯扭暗了。

这时，我听见纺纱的小姑娘和她的老祖母上床休息去了。

这时，我看到草丛的村庄里，月光音乐会散场了。很多很多的小孩子，都离开那座露天音乐厅了……

那么，我这个编造出来的童话，现在也暂时不讲了，我也休息去了。晚安！

1947 年

# 油菜花的童话

春天点亮了，
春天亮得像一根花烛。

看哪，那一片繁盛的国土，
田野里，春天开放得多么绚丽！

而我们的小村姑，
——油菜花，打扮得那么好看。
我们看见，她的小发辫上，簪着黄色的小野花。

嗡嗡——嗡，
蜜蜂也歌唱着飞来了。

"你打扮得多么好看呢！"
蜜蜂赞美说："你欢迎我来游玩吗？"

"你很好，"
油菜花害羞地说："你的歌唱得很好。"

"对了，我唱得很好，"

蜜蜂夸耀地说："我还会做工！"

"真的，我们可以做很好的朋友。"
油菜花愉快地说。

"做很好的朋友，
——你是说，我们要结婚吗？"

"不，——
我不要和你结婚。"她侧着头说。

"你为什么不和我结婚呢？"
"我会做工，我家里有很多的蜜！"

"可是，我不能，
而且，我的妈妈也不肯呢。"

"你的妈妈——
我可以跟她说的。"

小油菜花摇着头，
她觉得不能和蜜蜂"结婚"……

"小油菜花，
你为什么不答应呢？"

"我好像已经结过婚了，"
油菜花回忆着说，"我梦见自己结过婚了！"

"你骗我！你没有结过婚，
况且，我没有听见过你家放鞭炮！"

"我没有骗你！蜜蜂！"
小油菜花要哭地说。

蜜蜂也着急了，
只是嗡嗡地在唱着。

好在这时豌豆花来了，
"你们为什么吵闹呢？"豌豆花问道。

"我们不是吵闹，"油菜花说，
"可是蜜蜂要和我结婚！"

"结婚！不，
那是大人们的事！"豌豆花想了一下说。

"真的吗？"蜜蜂马上问道，
"那么，我们不要结婚了！"

这时，田野的风，吹着风笛走过。
"多么好听的音乐！"大家都赞美起来，

"我们来跳舞吧！"

春天点亮了，
春天亮得像一根花烛。

田野里，
看哪，油菜花们在迎风跳舞了。

"蜜蜂，你跳得多么好！"
小油菜花赞美说："我们来接吻吧！"

"我还会做工呢，"蜜蜂吻着她说，
"我家里还有好多的蜜！"

1944 年

91

# 小野菊的童话

## 夏季的草径

那个可赞美的夏季已经来了。

他用浅绿的草叶，

在林中铺了一条草径。


一条很好的草径；

那是他们的游戏场；

我们的小野菊和蒲公英游憩的地方。


那是很好的游戏场，

我们可以想得到，旁边还有一道

绿色的篱笆围绕着。


我们可以看见，他们就在篱笆的后面，

和从叶间漏下的阳光，嬉笑着：

那个可赞美的夏季已经来了。

# 童　话

小野菊坐在篱笆的后面，
侧着头，想道：

"我长大了，
要有一把蓝色的遮阳伞；

"那时候，我会很好看，
我要和蜜蜂谈话！"

站在她旁边的蒲公英，插嘴道：
"可是，那有什么好呢？"

小野菊马上问道：
"可是，你会比我好吗？"

"我长大了，会有一顶
旅行用的，黄色的小便帽；

"我要带一只白羽毛的毽子，
旅行到很多的地方！"

小野菊沉思地说："那真的很好，
可是，我不要像你！"

# 朋　友

蒲公英和小野菊，
已经成了
很要好的朋友。

那位小野菊，我们看着她长大的，
现在长成了一位沉思的、天真的小姑娘，
这是很好的，
诗人们都因此赞美她。

而那位蒲公英，
也到了使我们喜欢的年纪：
嗬，一位活泼可爱的少年，
喜欢在南风里，踢着白羽毛毽子的少年。

有时候，我们看见
他们出来散步了……
不由得不使人猜想，是一对小恋人。
嗬，沿着草径，
现在他们谈论的是一些什么呢？

## 蒲公英的信

他们在一起散步很久了。

而且他们一定说了
很多稚气的话吧？
小野菊说："我现在感到散步的趣味了，
但是，我得回去了。"
——蒲公英，没有答话。
他们站在草径的分路口，
用沉思的目光，互相看了许久。
后来他说："你就回去吧，
也许你的妈妈，等你等得很久了。"
小野菊摇摇头，
但是，她马上就从
那条用小草叶编成的篱笆后面走回去了。
蒲公英在她的后面，
轻声地说："可是，你等一等，
明天，请你早点来，
我要写一封信放在这篱笆的旁边，
我觉得，
有很多的话没有说完……"
第二天，她当真很早就来，
她希望不要看到他的信：
"那一定写得很好，
我怎么写回信呢？"
一只金丝雀站在树枝上叫了一声，
她连忙把——
那封信拾起来，放在自己的花布袋里，
感到心房跳得很厉害！

# 野　会

在林中的草径上，
小野花们都聚会在那里了。
这夏天的假日，他们打扮得多么好看……

林中充满了生气，
他们都在拍着小手，
嬉笑着，欢乐着……

那真是一个很热闹的聚会。
蒲公英老早就站在那里，
他要表演白羽毛的毽子……

多么好的技术，没有一个人
不惊服的。那踢法是按照着
风的旋律，完全是艺术的、新颖的……
"那真是踢得好啊，"小野菊想，
"那简直是舞蹈，
真是值得赞美呢……"

小野菊侧着头，看得那么痴情。
她和穿着新衣的紫罗兰坐在一起，
坐在那把蓝色的遮阳伞下面……

# 秋　天

（秋天来了，蒲公英和小野菊，
手携着手，走出这条草径。）

他们在林中散步。蒲公英说：
"我们要离开了，大家唱一支歌吧？"

"可是，我怎么也唱不起来，
我只希望在这里多站一会儿。"

蒲公英老是走在前面，（走得有些快呢！）
"再站一会吧！"小野菊说。

（秋天来了，
小野菊和蒲公英要离开这条草径。）

他们缄默地对看了许久，
蒲公英说："那么，我送一件东西给你。"

"那好极了，"小野菊说，
"可是什么东西呢？"

"我送几张画片给你，
而且我采一叶蕨草插在你的头发上：

"为了纪念这个短促的夏季
和这条草径吧!"

(秋天来了。小野菊和蒲公英
手携着手,走出这条草径。)

1944 年

# 小野花的茶会

## 下 课 了

丁零，丁零，
摇下课铃，课外活动了。

可是，今天我们不要去打秋千，
也不去抛篮球了。

我们在课外活动的时候，
要到山后的草径上去玩耍。

我写了一封信给小苏。
我写道：

"太阳，好像一朵向日葵，
而且，像爸爸一样，是会吸烟的。

"课外活动的时候，

我们不要打秋千，到草径上去玩好吗?"

我们，
我和小苏这样说好了。

——现在，
我们已经走到草径上来了。

## 茶　会

看见我们来了，
小野花们马上向我们招手。

她们的衣服多么好看啊，
她们穿了别出心裁的、绿色的小舞衣。

"欢迎啊，
你们到这里来做课外活动吗?"小野花说，

"嗬，
让我们开一个茶会来欢迎吧!"

"那多么好呢，
——我知道你们有很多蜜的!"小苏快乐地说。

"真的呢，

你猜对了！"

## 茶　杯

我们的茶会，
就在草地上举行的。

小野花们来不及搬来桌子，
她们就把绿色的桌布铺在草地上。

嗬，
她们有好多酒杯啊！

那些酒杯，多么美丽！
都是小小的酒杯……

那些酒杯的颜色，
有浅黄的、白的、红的，也有紫色的……

那些颜色，多么好看啊！
都是新鲜的，好像快乐的歌一般的……

"小野花们，
你们的茶杯多么好看啊，"我说，

"我想，把这些茶杯排在桌布上就好了，

不要吃东西了……"

"嗬，
只请你们喝一杯糖水呢！"小野花说。

"可是，
这多么好呢！"小苏害羞地说。

## 来　　宾

来参加这个茶会的，
还有蜜蜂和小粉蝶……

蜜蜂穿了工作服，
很快乐地唱歌。

小粉蝶，打扮得好像路加医院的看护姐姐。
打扮得真洁净啊！

"多么甜啊，"
蜜蜂吮了口糖水，马上赞美说。

"我说，多么甜啊！"
小苏说。

后来，

茶会便结束了。

"嗬，现在大家不要马上回去了，"
小野花说，

"我说，
我们请粉蝶小姐跳舞吧！"

"嗬，
多么好啊……"大家都鼓起掌来。

"可是，
今天我当真没有办法，我的牙齿有些疼呢。

"我糖吃得太多了！"
小粉蝶笑着说。

"真的，她恐怕不会跳舞了。"
蜜蜂说，

"那么，
由我来唱一首歌吧！"

于是，
小蜜蜂马上唱了。

我们便按着拍子踏步，
而且马上倒在草地上滚转起来了……

1944 年

# 松鼠的童话

## 松鼠一家

村庄后面有一座山冈，流过村前的一条小溪就是从山冈里流出来的。

山冈上有松树林，林中还有枫树、樟树和杉树。秋天来了，枫树上的叶子好像一朵一朵黄色、粉红色的火焰点起来了。

林中有很多松鼠。有小松鼠的妈妈和爸爸，还有小松鼠的弟弟们、妹妹们。这是小松鼠的一家人，他们一起住在林中一棵最老的松树的树穴中。小松鼠的爸爸有很漂亮的尾巴；他常常翘起这漂亮的尾巴，蹲在松枝上，看看哪片地上散落最多的松果，然后就和松鼠妈妈一起，带领小松鼠和他的弟弟、妹妹们去捡松果……

有时，小松鼠的爸爸跑到林中很远很远的地方去，他说，那里有更多的松果。这一天早上，松鼠爸爸又出门去了，松鼠妈妈便带领小松鼠和他的弟弟们、妹妹们，坐在树穴外面的松枝上，一边晒太阳，一面讲故事给大家听……

小松鼠听着，听着，便学着松鼠爸爸也翘起漂亮的尾巴，蹲在那里，一边晒太阳，一边听故事，一边看看林中哪片地上散落最多的松果……

109

# 我是大人了

小松鼠自以为自己已经是一位大人——就是说，也是一只大松鼠了。他看看自己的蓬松的尾巴，的确和爸爸的尾巴一样好看。

这一天早晨，他从树穴里钻出来，一边对松鼠妈妈说：

"妈妈，你听我说——"

松鼠妈妈看见小松鼠从树穴里独自跳出来，便跟上来，说：

"你说吧。"

小松鼠说：

"妈妈，你不知道我已经是大人了？"

松鼠妈妈说：

"你还是小孩子。你还没有上小学呢！"

小松鼠说：

"不对。还没有上小学，也能够算是一位大人！妈妈，你看，我的尾巴已经长得很漂亮，和爸爸的一样——"

小松鼠一边说着，一边沿着松枝向前又跳，又跑。

松鼠妈妈跟在后面，说：

"小松鼠，你现在要跑到哪里去？——"

小松鼠往更高的松枝上又跳，又跑，说：

"妈妈，我实在是一位大人了。我现在跑到松树的树梢，向更远的地方看看风景——"

小松鼠一边说着，一边又跳又跑，一下子跳到这棵林中最老松树的树梢，并蹲在那里，翘起漂亮的尾巴。

# 我一个人去吗?

小松鼠蹲在老松树的树梢,看见四面的风景,多么美丽啊!小松鼠想:真好玩!只有来到这么高的树梢,才能够看到这么多好玩的风景!

小松鼠看到:小山溪流啊,流啊,从山上弯弯曲曲地流啊,流啊,一直流到山下的村庄里去,一直流到看不见的什么地方去……

小松鼠看见小山溪流到村庄里时,打了一个大转弯;转弯处有一座水磨坊,大木轮在转啊,转啊,撒出一串一串的水珠……

小松鼠想:

——跑到那里去看水磨坊,多么好啊!

——要是能够跑到水磨坊,又跳上大木轮,在那上面转啊又转啊,一定好玩,

——可是,我一个人跑去吗?……

# 做早操的时候

这一天,松鼠爸爸很早起来。也就是说,他在全家中,第一个从树穴里钻出来。他在松枝上又跳又跑,动动身子;接着,就从老松树干上一下子跳到林中的草地上。他翘起尾巴,向树上的小松鼠和他的弟弟们、妹妹们说:

"我出门去了!你们和妈妈好好在家里玩!"

松鼠爸爸说出门去,意思就是说,他就到附近的树林里,找找松果,找找蘑菇去了。

小松鼠说:

"爸爸，再见！"

小松鼠的弟弟们、妹妹们也都从松树穴里钻出来，在松枝上跳来跳去，跟着说：

"爸爸！再见！"

于是，小松鼠和他的妹妹们、弟弟们，开始跳啊又跳啊，各自找个树枝——在那里蹲下来，翘起尾巴又用前爪在脸上抹了又抹：洗脸！……

正在这时，松鼠妈妈蹲在他们前面一棵粗树上，喊口令：

"准备，一……二、三、四；二……二、三、四……"

原来是小松鼠和他的弟弟们、妹妹们开始做自由体操了。

正在这时，小松鼠忽然想到自己是大人了。就是说，是一只大松鼠了；就是说，自己是一只和爸爸一样的大松鼠了。于是，他又想：

——我不能和弟弟们、妹妹们一起做自由体操，我要跳啊又跳啊，跳到树梢上去……

小松鼠这么一想，真的就不做自由体操了，就跳啊又跳啊，离开大伙，独自一个人跳到树梢上去了。正在这时，小松鼠的弟弟们、妹妹们都看见，都喊起来：

"吱！吱！吱！

——羞！羞！羞！"

小松鼠的弟弟们、妹妹们用前爪在腮上刮，一齐羞着小松鼠。小松鼠感到多么不好意思，羞得眼睛都不敢张开——马上往树梢跳啊又跳啊，跳到原来的树枝上来……

## 他跑到村庄里去

这一天早上，小松鼠十分得意的样子。他睡了一觉，梦见自己的尾巴长得更美丽了。他还在梦中想——

这一次，我的确是一位大人了！

他想着，想着，把后爪一伸，恰好把他的松鼠弟弟的背给踢了一下，松鼠弟弟也在做梦，这一下给踢醒了：

"吱！吱！"

小松鼠自己这时也醒过来了。他显得十分得意的样子，他看看自己的尾巴，的确长得更加漂亮了。于是，他赶紧跳啊又跳啊，跳出树穴，正要跳到松树枝上去时，他看见松鼠妈妈站在树穴外的树枝上，向松鼠爸爸招手：

"再见！再见！——晚上早一点回来！"

松鼠爸爸天天都很忙，他都是一清早就出门去。就是说，他到树林中去，到处为小松鼠和他的弟弟、妹妹们找松果以及新长出来的蘑菇、红菇和野果……

这时，小松鼠的弟弟、妹妹们也都起身了。松鼠妈妈便开始和往常一样，带领小松鼠们在松树上做自由体操。这一次，小松鼠做得很认真。大家都称赞他的自由体操做得真好。

自由体操以后，小松鼠忽然想起来，他要跳啊又跳啊，跳到枫树上去玩——是秋天了，枫叶都变红了，变黄了，好像点起又红又黄的火焰，真美丽啊！

小松鼠对妈妈说："我现在想到枫树上去玩一玩！——"

松鼠妈妈说："好。你去玩一会儿吧。等下还要做功课！"

小松鼠高兴得不得了，马上从一棵松树跳到那一棵松树上，又从那一棵松树跳到又一棵松树上。然后，他一下子就跳到一棵高大的枫树上去了——

看啊，小松鼠正跳到枫树上时，刚好吹起一阵山风，那枫树的红叶子、黄叶子，一下子都变成黄蝴蝶、红蝴蝶飞啊又飞啊，飞到林中的草地上。

有的黄蝴蝶、红蝴蝶飞啊又飞啊，飞到从枫树旁边流过的小山溪中去，变成了一只又一只小小的红船、黄船，跟着溪水一直向前开走啊又开走啊……

小松鼠看见了，高兴得不得了！他赶快从枫树上跳啊又跳啊，一下子跳到枫树下，又跳啊跳啊，一下跳到小山溪岸边来；他蹲在溪滩上，翘起尾巴，想：

——我要沿着溪滩，跟着枫叶的小红船、小黄船一直向前跑……

说到做到，小松鼠真的沿着溪滩一直向前跳啊又跳啊，口里喊道：

"小黄船、小红船们，我要跟你们赛跑！"

童话就是这样，小红船、小黄船上面，真的好像有人在回话："小松鼠！好啊，我们比赛比赛！"

正在这时，松鼠妈妈看见小松鼠一个人在溪滩上向前一直跳啊又跳啊，不知道要跳到哪里去，便在树上喊："吱！吱！小松鼠——赶快回来啊！"

小松鼠没有听见，还是跟着溪流上那枫叶变成的小黄船、小红船比赛……

松鼠妈妈急了，便带领小松鼠的妹妹们、弟弟们一起跳啊又跳啊，赶在枫树下面的溪滩上来，去追赶小松鼠——好有趣啊，小松鼠在前面跳，后面是松鼠妈妈和小松鼠的弟弟、妹妹们，也一直跳

啊，跳啊……

他们和溪中的小黄船、小红船差不多同时来到小山溪流到的村庄的水磨坊附近；这时，小红船、小黄船就在水磨坊附近的溪口打转，这里是小山溪拐了个大转弯的地方。小松鼠呢，松鼠妈妈和小松鼠的妹妹们、弟弟们，便也在这里停下来了。真没有想到啊，水磨坊附近原来有一座小学。正在上学的小学生，看见小黄船、小红船在水磨坊木轮下面的溪水中打转，又看见小松鼠、松鼠妈妈和小松鼠的妹妹们、弟弟们——就是说，林中的一大群松鼠都跑到溪边来了，都高兴得不得了！

其中有一位小学生说：

"小朋友们，

——是树林中的松鼠们，还有树林中枫叶变成的小船们到我们村里来做客，我们欢迎吧！"

许多小学生都站在岸上鼓掌！

林中来的小黄船、小红船以及一群松鼠跟着也鼓起掌来，感谢村庄的小学生对他们的欢迎！


这个童话就讲到这里。末了，讲童话的人还有一个交代：这便是，后来，松鼠妈妈便带领小松鼠和小松鼠的弟弟、妹妹们排列成一队，跳啊又跳啊，回到林中去；他们刚走到林中，便遇见松鼠爸爸，他怀中抱了一大把松果和蘑菇，准备一家人美美地吃上一顿午餐。至于枫叶变成的小黄船和小红船们，也结成船队，一直向前行驶、行驶……

1991 年

# 狗尾草哥哥的童话

狗尾草哥哥是一位很好的少年。现在是夏天，他穿着一件淡绿色的衬衫，就像是一位小水兵一样，坐在我家对门七叔公家的屋顶上。

——我已记不清楚了，我和他在什么时候互相认识的。每天早上，我去上学时，我们都互相打招呼。

狗尾草哥哥是很会讲故事的。住在我家附近的许多小孩子，也都很喜欢他；一看见他，总是向他微笑，或是招招手。

——这天早上，我看见住在对门的七叔公，抱着他的孙子走出门来。那位小孩拉着七叔公的衣襟，指着屋顶不停地说。

"公公，你看狗尾草，狗尾草哥哥！"

可是，这位七叔公不知道小孩的意思是要他停下来，听听狗尾草哥哥讲故事，还是把孙子抱到街上去，准备买些点心给小孙子吃。

这位小孩叫小囡。

狗尾草哥哥看见小囡不想跟他的公公到街上去，便说：

"小囡，你先跟公公去买点心，回来时我给你讲故事，好不好？"

小囡听了，点点头，便跟他公公一起上街去了。

这一天，刚好是星期天，我没有上学去。

我便向狗尾草哥哥打招呼：

"狗尾草哥哥，你好。"

狗尾草哥哥也向我打招呼：

"小学生弟弟，你好。今天是星期天，你准备做些什么事呢？"

我说：

"昨天晚上，我把功课都做好了。现在，我想听你讲故事，好吗？"

狗尾草哥哥真的答应了。他为我讲的是斑鸠阿姨的故事。这个故事是这样的：斑鸠阿姨有两个孩子，都才一岁大。可是已经能够飞行了。斑鸠阿姨每天早晨，带着这两个孩子去旅行。例如，旅行到一个公园里去，看那个公园里有一座葫芦形的大湖，湖畔种着柳，有很多小游艇在湖中划来划去，斑鸠阿姨便带着她的这两位孩子在游艇上飞来飞去，听着坐在游艇上的小学生唱歌，以后便和小学生合唱起来……

"真的吗？斑鸠阿姨和她的孩子，会在小学生坐的游艇上飞来飞去？会和小学生合唱歌曲？——"

"还会是假的！"狗尾草哥哥说，"这是斑鸠阿姨自己告诉我的。"

狗尾草哥哥正说着，多么好啊，斑鸠阿姨和她的两个孩子飞到对门七叔公家的屋顶上来了。

他们站在屋背上：

"咕咕！——咕！咕！咕！"

狗尾草哥哥听得懂斑鸠阿姨说的话，便翻译给我听：

"你们好——小学生好！"

我听了，赶快说：

"斑鸠阿姨，斑鸠弟弟们，你们好！"

当然，我的话也由狗尾草哥哥翻译给斑鸠阿姨听了。接着，斑鸠阿姨和斑鸠弟弟在屋顶上又"咕咕咕，咕咕咕！"说了许多话。狗尾草哥哥都翻译给我听了，意思是：他们很忙，今天要旅行到一个绿色的山谷去；斑鸠阿姨要她的两个孩子在飞行时紧跟着她飞，不

120

要东张西望。说着，呼啰——啰！斑鸠阿姨、斑鸠弟弟向狗尾草哥哥，向我行个礼，便向空中飞行——要飞到一个绿色的山谷里去了。

斑鸠阿姨、斑鸠弟弟飞走后，狗尾草哥哥又讲了一个喜鹊阿姨的故事给我听。故事是这样的：喜鹊阿姨有四个孩子，大家都管这四个小孩叫喜鹊弟弟。别看小喜鹊弟弟们才两岁，可已经会跟妈妈——喜鹊阿姨筑鸟窠。他们飞到树林里，衔来枯枝，就在七叔公家附近一棵枫树上筑鸟窠。他们每天都站在鸟窠上，可以从那里望见很远的兴化湾，湾内的海水那么蓝，就像安徒生爷爷所比喻的，蓝得像矢车菊的花瓣；站在鸟窠上，他们还可以望见壶公山；只要天快要下雨，壶公山的山巅便先缭绕一层一层的云雾。人家说，海里海龙王的三公主，便趁着天快下雨时，驾着云雾来到壶公山去会王母娘娘的……

狗尾草哥哥正讲着喜鹊阿姨的故事给我听时，只听见：

"鹊！鹊鹊！鹊！鹊鹊鹊！"

这次不用翻译了！我自己听得懂，是喜鹊阿姨带着四个小喜鹊向我们问好：

"好，狗尾草哥哥好！好！小学生好！"

喜鹊阿姨说着，就嘱咐她的四个小喜鹊一起停在七叔公家的屋顶上。

接着，喜鹊阿姨又叫道：

"鹊！鹊！鹊鹊鹊！鹊！"

我听得懂她的话：

"我们马上就得飞走了。因为我要带我的四个孩子到森林幼儿园去念书——孩子们，我们再起飞吧！"

只见喜鹊阿姨和她的四个孩子向狗尾草哥哥和我招招手，就飞到半天空中去了……

豌豆仙子

狗尾草哥哥的童话

喜鹊阿姨刚飞走，七叔公抱着他的孙子小囡回来了。

狗尾草哥哥看见了，马上向小囡问道：

"小囡，你回来了。你爷爷买什么点心给你吃呢？"

小囡说：

"爷爷买了两块'碗糕'（闽南的一种点心）给我吃，好甜啊。狗尾草哥哥，你现在给我讲一个故事，好吗？"

狗尾草哥哥真的就给小囡讲起故事来。我和七叔公一起听他讲。

狗尾草哥哥原来读过许多书。他也读了丹麦老爷爷安徒生的童话。他讲了一位丹麦的小孩子哈尔马去参加小耗子的婚礼的童话。哈尔马穿上锡兵的制服，由一只小耗子带路，通过地下一条长长的通道，到举行婚礼的大厅。那里，所有的耗子太太都站在右边，她们互相私语着，所有耗子先生都站在左边，用前爪摸着自己的胡子。新郎和新娘站在屋子的中央，耗子们一起吃酒席，后来主人托出一粒豌豆作为客人的点心……

我和小囡都听得津津有味。七叔公听了，也摸着下巴上的胡子笑着。这个星期天的早上，我和狗尾草哥哥、七叔公和小囡玩得真愉快啊！

1945 年

# 蒲公英的小屋

## 松树上的牵牛花

在临着蓝色海湾的悬崖上，有一大片松林。松林前的草地上，生长着很多的牵牛花。有一棵牵牛花的蔓条往松树的枝丫间爬上去，在树梢开放蓝色的喇叭花。这牵牛花原来是一位花朵的小孩，她有如童话中的花孩子一样，是会讲话的。

松树下有一丛野菊，开放黄色的花朵。牵牛花和野菊是很要好的朋友。

早晨，满天彩霞，一轮红日往东方的海平线间升上来，射出万道金光。牵牛花赶快对野菊说：

"野菊妹妹，太阳升上来了；

"他，现在好像一盏红色的灯，圆圆的，亮亮的，刚好挂在海边；

"——不，这盏红灯慢慢地升上来，你要仔细看！"

野菊妹妹踮起足尖，站在绿叶上；她认真地看，果然看见太阳好像一盏红灯往海面升上来了。

晚上，牵牛花便睡在这棵松树的树梢。她在梦中突然醒过来。她揉揉两眼，向天上一看，她看到那暗蓝的海边的天空中，有几颗

闪闪发亮的星星，有一轮好像银铸的发亮的下弦月。她觉得这景致好看极了。她想请野菊妹妹一起来看这景致。可是，一看，看见野菊妹妹在松树下，躺在绿叶上睡得正甜。牵牛花想道：——那么，等明天早上，野菊妹妹醒来时，再告诉她……刚才看到的景致……

牵牛花一边想，自己也睡着了。只见月光正洒在她的身上，也洒在松树下野菊妹妹的身上。

## 野菊和牵牛花

临着海湾的海岬，好像一座悬崖站立在海边。这海岬上有许多岩石，石隙间生长一丛一丛的野菊，也生长牵牛花。秋天来了，野菊开着黄色的花朵，牵牛花开着蓝色的喇叭形的花朵。

海潮退了。

牵牛花便对野菊说：

"你看见了吗？海潮退了，白浪像一群又一群白色的马群，踏着海波向最远的海外奔跑去！"

野菊说：

"对了。我看见了。我好像听见骑在白马背上的牧马人，一直向我们说：'再会，再会！'向着大海的最远的地方奔跑而去！"

海潮涨了。

牵牛花便对野菊说：

"你看见了吗，海潮像一群又一群白色的马群，从海外踏着波浪，一直要跑到海滩上来了。"

野菊说："对了。我看见海潮回来了。我还听见那马群的鸣叫声从海外传来；我还听见骑在白马背上的牧马人，远远便向我们招手：'你们好，我又回来了！'"

## 海边的野菇

海水浴场的沙滩后面，有一大片的斜坡。斜坡上种着很多的松树。海风起了，松林像海涛一般的呼唤着；是的，当松树在风中呼唤着，海潮也从海的远方奔驰而来，拍着沙滩的岩石，发出妈妈呼唤孩子一般的声音。

沙滩后面的斜坡上，住着一群野菇的小孩子。这是一群喜欢撑着花伞的小孩子。他们的花伞有浅灰色的，有浅黄色的，有粉红色的，伞上还画着紫色的斑点一般的图案，看起来非常美丽。是的，这是一群喜欢持着花伞，并且喜欢站在松树下看海的孩子。一群野菇的孩子。

这一天早上，当松林和海潮在风中一起发出好像有谁在呼唤着花孩子们时，斜坡上的野菇的孩子们，便持着花伞都跑出来了，都站在松林下了。

他们踮起双足，向海湾的远方眺望着——

海面上出现一朵一朵白色的浪花，闪闪烁烁，好像开放一朵又一朵发亮的百合花。慢慢地，从海湾外面的海面上，出现两艘海军的巡逻炮艇，像飞箭一般快地向海湾以外的更远的海上驶去……

"我们看到两艘海军炮艇，他们开得真快！"

野菇的小孩子，都高兴得跳起来。

"那炮艇上有水兵，——一！二！一！他们天天都操练开步走！……"一个最大的野菇孩子说道。

他们踮着双足，继续向海湾以外的远方眺望着——

海面上出现一朵又一朵的浪花，好像一朵又一朵闪闪烁烁的百合花，开放了又谢了，谢了又开放了。慢慢地，在海湾外面的海上

出现一艘大轮船，这艘轮船有海滨的一座七层楼那么高。船头挂着红旗，船后有好多海鸥，好像雪片一般，有的扑着浪花飞翔，有的在半空中飞旋……

野菇的孩子们看见了海鸥和大轮船，高兴得都跳起来：

"大轮船来了，海鸥也跟着来了！——那轮船里，一定运来好多好多的玩具；飞上月球的火箭啦，开到海底的小潜水艇啦……"一个最大的野菇孩子说。

"我们赶快回去告诉妈妈，请妈妈也来看轮船！"一个野菇的小女孩一边说着，把她的花伞不止地摇着，一边跑回家里去了。

## 蒲公英的小屋

在野外的草地间，蒲公英弟弟和野菊妹妹一起建筑一座小屋。这座小屋有很大的玻璃窗。室内有许多小椅子、小凳子；有三个书橱，一个书橱里放着新出版的各种儿童散文集，一个书橱里放着童话书，一个书橱里放着新出版的各种各样的故事书。还有很多儿童报纸。

——蒲公英弟弟和野菊妹妹都说，这是给花的小孩子们看书、读报的小屋，是一个阅览室。

有牵牛花的蔓条和绿叶从这小屋的屋顶上垂下来。野芋的阔叶子在小屋的玻璃窗外迎风摇来摇去，早晨的太阳照在玻璃窗上，野芋叶的影子，好像芭蕉叶的影子摇来摇去，好看极了。

这一天，是星期日。早晨的太阳，刚升上来不久，花孩子们听见铃声响了。

——这是蒲公英弟弟摇响的铃声；他在小屋的门上装了一个铃，这铃是用龙舌兰的花朵做成的。

于是，紫罗兰、非洲菊、扶桑、木槿还有草兰等邻近的许多花孩子们，都跑来了。

——他们安静地坐在小椅子上，坐得端端正正的，一点声音也没有。他们在看童话书，有的在看儿童画报，有的在看故事书……

真是一点声音也没有。他们看得入神了。他们轻轻翻开书页。当然，有时看得高兴了，也会发出轻轻的笑声。

在野外的草地上，有蒲公英弟弟、野菊妹妹一起建筑的一座小屋，这是邻近花孩子们常来看书、阅报的小小阅览室。

## 草地的小学校

在野外的一片草地间，生长着各种各样的野生植物。例如，伸着长叶子的芦苇，伸着阔叶子的野芋，还有身材长得很高的野苎麻，以及正在开放白色花朵、蓝色花朵的野菊，还有蒲公英。

有一条小河，从这一大片的草地前流过。河水潺潺地流，水声很动听。有人说，这是一条会拉小提琴的小河流。

这草地是蚱蜢、蛤蟆、纺织娘、螳螂以及蜥蜴的孩子们的小学校，这个小学校只收低年级的小学生；在这草地的小学校里读书的小孩子们，都是一年级、二年级的小学生。

——是的，这是一座草地的小学校。

这座草地小学校里，有一个阅览室。它是用野芋的阔叶子和芦苇的长叶子造成的屋顶，用野芋的长茎搭成的屋架。丁！丁！丁！草地小学校的铃声响了。这是这所草地小学校阅览室开放的铃声。许多蚱蜢、纺织娘、蛤蟆以及螳螂、蜥蜴的孩子们，都跑到阅览室来了。他们安静地坐在小椅子上，读着青蛙爷爷新近写出来的故事书，读着蝴蝶奶奶新近编印的一本童谣小册子，还看连环画……

——是的，这是一座草地的小学校。

这所小学校有一个唱游室。这也是用芦苇、野菊以及野芋的叶子盖的屋顶，用野苎麻的长茎搭的屋架。唱游室里有一架钢琴。这架钢琴非常有趣，到了上课的时候，他自己会响起来：丁！丁！丁！好像摇铃一般。听见这铃一般的声音，蚱蜢、纺织娘、蜥蜴以及蛤蟆的小孩子们，都跑到唱游室来了。他们手拉着手，围成一个圆圈。这一天，教他们唱歌和跳舞的是蝴蝶奶奶和蟋蟀爷爷。听啊，蟋蟀爷爷坐在钢琴前，弹起歌曲来了，蝴蝶奶奶和着琴声，跳起舞来了。

——于是，所有的蚱蜢、纺织娘、蜥蜴、蛤蟆以及螳螂的小孩子们，都打着拍子，跟着跳起舞，唱起歌来了。

这时，从草地小学校唱游室窗外流过的小河流，也唱起歌，应和起来了。

## 骤　雨

天上有一朵一朵的黑云。会下雨吗？小草菇和小红菇两姐妹正要出门去，到邻近一大片草地的村庄里去看她们的朋友蘑菇，借两本画册看看。

妈妈告诉她们说："你们把雨伞带走吧。"

小草菇便带了一把画着浅灰色圆斑点的图案的雨伞。

小红菇呢，带了一把粉红色的雨伞。

两姐妹和她们的妈妈打招呼，说声"再会！再会！"便撑着雨伞，沿着家门前的草径，走下土阜；随后，便沿着村中小河岸上的草径向前走。路上，她们遇见一队游行的蚂蚁的队伍，又遇见两位站在河边柳树上唱歌的斑鸠姑娘。她们继续向前走，远远便望见前面河边岸上有一座土阜，土阜上是一大片开着各色野花的草地，那里有蘑菇姐姐的家……

——蘑菇姐姐的家里有好多的故事书和画册。蘑菇姐姐和小草菇、小红菇两姐妹是要好的朋友，她答应今天把两本画册借给她们看。她们欢喜极了，两姐妹撑着雨伞，赶着向前面的土阜走去。

正在这时，她们听见——

得！滴笃！得！得滴笃！

原来是一阵骤雨降落了，雨点滴在她们的雨伞上，敲打出声音来了。

好得很，正在这时，两姐妹赶到蘑菇姐姐的家了。她们一进门，刚把雨伞放在墙边，蘑菇姐姐和她的妈妈便请她们站到窗口来，指着天上，说："你们看——天上有一道七彩的虹！"

小草菇、小红菇两姐妹抬头看看天边，那里果然出现一道弧形的彩虹，好像一座彩色的桥，和画册上的画一样好看。

## 牵　牛　花

我们村里流过一条小山溪，岸上有一座土阜。土阜下面是村里阿长伯的自留地，那里种着豌豆。

一畦一畦的豌豆，开着一朵一朵蝴蝶一般的紫色豌豆花。阿长伯在豌豆畦的四周，围了一道竹篱。

土阜上有野生的牵牛花。这牵牛花为了表示她和豌豆是要好的朋友，把她的蔓条慢慢地伸到竹篱上了。她的蔓条慢慢地在竹篱上长了许多绿叶。不久又结了花蕾。

这一天早上，我背上书包沿着溪边的草径，上学去，经过阿长伯的自留地，忽地听见竹篱上有喇叭吹响的声音。

我抬头一看——

原来是牵牛花开花了。她的花朵好像蓝色的喇叭，我仔细地一听，真的是从牵牛花的花朵里吹出喇叭的声音来了。

我站在竹篱外，看见豌豆畦的豌豆们都起床了，她们一株一株都伸着绿叶和蔓条。我想，豌豆花们一定听了牵牛花的喇叭声，便都起床了。

我正想着，看见阿长伯挑着一担溪水，从前面走过来。他要给豌豆浇水。我便对阿长伯说了我的想法：

"牵牛花吹了喇叭，豌豆都醒过来了。"

"什么？"

阿长伯好像听不懂我的话，问道。

——我赶快整一整书包，走过豌豆畦的竹篱，一跳一跳地向学校走去。

## 豌　豆

上学的时候，我沿着村里小山溪上的草径往学校里走去。经过阿长伯的自留地，看见爬在竹篱上的牵牛花开放很多花，竹篱里面畦上的豌豆都结了小小的豆荚。

我站在竹篱前，想道：

——那大豆荚里，有五颗豆子？那小的豆荚里，有四颗豆子？

我站在竹篱前，又想道：

——那豆荚里的小豆粒，一天一天地长大了，便变成一位又一位的王子？

还有，说不定有的豆荚的小豆粒，长大了，便变成一位又一位的公主？

我站在竹篱前，看着豌豆畦，又想道：

——说不定每一个豆荚，都变成一个王国。王宫的墙上，都挂着白雪般的天鹅绒……

我正想着，听见竹篱上的牵牛花问我道：

"小学生，你在想着什么呢？"

我抬头看着牵牛花，说：

"牵牛花，我在心中想一个童话呢。"

"童话？"牵牛花说。

"你读过安徒生伯伯的书吗？"我问。正在这时，阿长伯从前面挑着一担溪水来了。他要给豌豆浇水。他真勤劳。我便整整书包，向牵牛花、豌豆招招手，走过豌豆畦前的竹篱，沿着溪边的草径，一跳一跳地赶快往学校里走去。

## 豌豆和牵牛花

我们村里阿长伯自留地里种的豌豆，豆荚长得越来越大了；爬在豌豆畦的竹篱上的牵牛花，也开得很美丽。从豌豆畦前面流过的小山溪，欢乐地唱着歌。

这个星期天的早上，我沿着溪岸上的草径走着玩，走到豌豆畦前面时，看见牵牛花从竹篱上高高地举起蔓藤，一边吹着蓝色的喇叭，一边对着豌豆的豆荚说：

"你们看见了吗？

——刚才有两只蚱蜢跳进溪边的草丛里，他们互相追逐着，好像是在抢着一个皮球……"

我听了，赶快扑到那草丛里去，却没有抓到那两只蚱蜢……

我正准备沿着草径往前再走，忽地又听见牵牛花吹起喇叭，一边对豌豆的豆荚说：

"你们听见了吗?

——刚才溪中有几条小溪鱼，游到水面上来了，他们都吹着一个个水泡，好像正在玩着肥皂泡……"

我听了，赶快跑到溪边去，却见那些小溪鱼扑啦扑啦地摇着尾巴，扑着溪水，都游到水中去，看不见了……

我有些生气，不高兴。忽地听见牵牛花、豌豆都拍着手，笑着，对我说：

"小学生，可别生气，走过来，我们一起玩!"

我听了，又赶快跑到竹篱前面来了。

## 喜 鹊

我们村里的山溪岸上有一棵大枫树。我很喜欢这棵枫树。他在秋天时，好像燃起一树的篝火或是一树的彩霞。他的树梢有一个喜鹊的鸟巢，这更是使我喜欢极了。

枫树下便是村里的渡口，有石凳，有一个小码头，有渡船。村里的小学生、我的邻居阿长伯、阿细叔，还有其他村里人，无论是要到对岸的田野里干活，还是要到镇上去，都坐在这里的石凳上等候渡船，要是渡船刚好停在枫树下的小码头边，便马上踏上渡船，把船撑到对岸去了。

我嘛，我会开渡船。我们村里的这只渡船，是一只小木船。我把撑竿往岸上一点，小木船便听话地往溪中驶去了。

这一天早上，我到溪边来，看见渡船正好停在渡口的小码头边，我赶快登上渡船，我正要把渡船撑开，便听见喜鹊阿姨站在枫树上，对我叫道：

"鹊，鹊! 你好，小学生。你要到哪里去?"

我赶快答道：

"喜鹊阿姨，你好。今天是星期日，我要到镇上找我的姑妈去。"

"鹊！鹊！真好。你的姑妈会请你吃花生米吗？"

我说："我不喜欢吃花生米。我的姑妈是镇上的一位音乐老师，我喜欢她唱的歌，也喜欢她给我看画册！"

我把竹竿往溪岸上一点，小木船便向溪中的水面上驶过去了。我听见喜鹊阿姨站在枫树上，不止地向我招呼：

"鹊！鹊！再见，小学生。"

我常常自己这样想：喜鹊阿姨是喜欢和我讲话的。

我真喜欢我们村里渡口旁有一棵大枫树，树上有喜鹊阿姨造的鸟巢。

## 太　阳

我常常告诉人家，我们村里渡口旁有一棵枫树。我很喜欢他。他好像一把很大的，很大又很高的绿色太阳伞，一直打开着。他的绿荫遮蔽了村里的渡口。枫树上有一个喜鹊的窝，我喜欢极了。

是的，我喜欢站在枫树下，抬头看喜鹊的窝。我常常觉得喜鹊会和我讲话；我像在童话书本里那样，在心中称呼她是我的喜鹊阿姨。

我真是喜欢极了。星期天早上，我正要撑着渡船到对岸去，准备进入那边山冈上的一片树林里去打柴的时候，我发现喜鹊阿姨的鸟窝里有六个小喜鹊了。

我真是像童话书本里那样，在心中称呼小喜鹊是我的喜鹊弟弟。

我没有爬到枫树上去。从那天起，我有空时，便到渡口边来，站在枫树下看望我的喜鹊弟弟们。喜鹊弟弟们长得真快，好极了。

我看见喜鹊阿姨站在她的鸟窝边，一会儿教喜鹊小弟弟唱歌，一会儿教喜鹊小弟弟做游戏，一会儿教他们学喜鹊阿姨自己发明的拼音字母……

"鹊！鹊……"喜鹊阿姨教道。

（我知道，这便是 A、B……）

喜鹊小弟弟也跟着学："鹊！鹊……"（A、B……）

今天早上，太阳从渡口对岸山冈后面升上来了。我看见喜鹊阿姨站在鸟窝边，指着上升的太阳，对坐在鸟窝里的喜鹊弟弟们，问道：

"鹊！鹊鹊鹊？——"

（我懂得，她问话的意思是："那是什么？"）

喜鹊小弟弟们，一齐快乐地答道：

"鹊！鹊鹊！鹊鹊鹊！"

（我懂得，喜鹊弟弟们很快答出答案："妈妈，那是太阳！太阳升上来了。"）

我真高兴啊！

## 旅　　行

我喜欢告诉大家，我们村里的渡口附近有一棵枫树。这枫树很高，很高。在向东的高枝上，有一个喜鹊阿姨造的鸟窝。我看见鸟窝的喜鹊弟弟一天天地长大了，我真欢喜得很。

每天，只要我有空，便跑到渡口边来，站在枫树下面看望喜鹊阿姨的鸟窝。我没有爬到树上去。我只站在树下向喜鹊阿姨、喜鹊弟弟问好。他们都听得懂我的话。我也听得懂他们的话。

这一天，我看见喜鹊小弟弟们都穿了白衬衫，黑背心，整整齐齐地排了队，站在鸟窝边的枫树枝上；喜鹊阿姨也穿着白衬衫，黑背心，站在喜鹊弟弟们前面的树枝上，说：

"鹊！孩子们，——现在，你们报数！"

我站在枫树底下，看见喜鹊弟弟们站在树枝上，一个一个挨次地报数：

"一！二！三！四！五！六！鹊！"

我看见喜鹊弟弟们报数过了，便赶快向喜鹊阿姨问道：

"喜鹊阿姨，喜鹊弟弟都报过数了，报得真好！——今天，你要带他们到哪里去啊？"

喜鹊阿姨站在树上，拍拍翅膀，对我说：

"鹊！鹊！小学生，今天我要带孩子们旅行去！"

说着，只见喜鹊阿姨领着喜鹊小弟弟们，都飞出了枫树梢；只见喜鹊阿姨飞在前头，喜鹊小弟弟们一个一个地跟着他们的妈妈在后面飞——我站在枫树下，只见他们飞过了村里的小山溪，飞过了对岸山冈上的一片松树林，只见他们飞得很高，飞得更高，又更高，一直飞上蓝天，飞进白云……

我想，这一定是他们一次很有趣味的旅行啊！

## 水 磨 坊

我们村里有一条瀑布，好像一条发亮的白绸布，好像一条会流动的白绸布，从村后一座山冈的悬崖上倾泻下来，流入山溪里。

山溪旁边有一座土阜。就在土阜下面的溪畔，有一座水磨坊，他的大木轮转着又转着，挥出一串又一串的水珠，挥出发亮的水雾。太阳从山上的林梢照射过来，照在那水珠、水雾间，便出现七色的彩虹，美丽极了。

那水磨坊的大木轮，转着又转着，他的木轴不止地发出声音：

"咕！咕咕！咕！"

我听了，觉得那木轮是在向我说话。他好像是这样说的：

"我们永远转动，永不停息！"

水磨坊附近有三棵大樟树。他们的树干上生长着许多青翠的羊齿植物，他们的树荫笼盖着水磨坊，就在其中最高的一棵樟树上，有一个斑鸠的鸟巢。斑鸠听见水磨坊的木轮的声音，也叫道：

"咕！咕咕咕！"

我听了，觉得那斑鸠是向水磨坊的木轮说话，也是向我说话。他好像是这样说的：

"你们永远转动！我们永远飞翔！"

说着，那只斑鸠便飞出林梢，飞过悬崖上的瀑布，飞上高高的蓝天。而水磨坊的木轮一直在转，咕咕地叫，好像是这样说的：

"咕！是的，你们永远飞翔，我们永不停息地转动！"

## 杜鹃花的火炬

我们村里山冈上开放着杜鹃花。四月来了。山冈上的岩石边，松树下，杂木林的树荫间，到处开放火红的杜鹃花。当然，不止山冈上，村里小山溪的土阜上，也开放火红的杜鹃花。

我放学回家时，有时帮助家里大人放牛，有时帮助家里大人打柴。这样，当我上山放牛，特别是打柴时，常要沿着山径走进很深的山间去。我们村里的深山间，杜鹃花才更多呢！我发现这深山中，除红杜鹃花外，还有开着白色花朵、黄色花朵和粉红色花朵的杜鹃花。我发现有的杜鹃花长得很小，但她的根会伸入岩石隙中去，在没有泥土的石缝间开红花。

139

就在这开放着各色杜鹃花的深山中，在一个可以避藏的小岩洞前，有土地革命时代红军叔叔留下的烧炭窑的遗址。在那些火红而艰苦的日子里，红军叔叔在我们村里一边坚持与白军战斗，一边在山中坚持烧炭和其他生产，来维持生活。这红军烧炭窑的遗址附近，山间的杜鹃花好像开放得更加火热。我们学校里的老师，每到清明节，都组织同学们到这里拜访这个遗址。我是常常来的。有时，我站在遗址前面，看着，看着，不知怎的，这遗址四处的杜鹃花，都变成燃烧起来的红色火焰、白色火焰、黄色火焰的火炬，照耀着这个遗址，使它显得格外明亮！看着，看着，我又好像觉得山冈上所有的杜鹃花，溪边土阜上所有的杜鹃花，都举着火炬来了。

## 青蛙的旅行

一岁的青蛙弟弟小咯咯，和他的两岁哥哥大咯咯，一起住在野外一座土阜边的一大片青草地间。你不要以为他们才一岁、两岁，其实他们都是少年青蛙了。

小咯咯和大咯咯喜欢旅行。

这一天，他们兄弟俩商量好，又要出门旅行了。他们都背了一个绿色的旅行包，里面放些点心，例如饼干。他们戴一副大眼镜；风大了，灰尘不会飞进眼睛里。他们是有经验的旅行家。

这样，他们开始离开了土阜的草地。这时，太阳刚刚升上来，一片草地给照耀得十分明亮。小咯咯和大咯咯，兄弟俩一跳又一跳地跳下土阜，就好像小朋友们从家里的门口，走下一级一级的石阶。

当他们离开土阜时，他们的邻居蒲公英弟弟和野菊妹妹，还有蚱蜢和螳螂的小孩子们都站在土阜上，向他们招手：

"再见！再见！"

一路上，大咯咯和小咯咯一跳又一跳地往前走。他们经过了一座花朵的小学校，它建筑在河边一棵大榕树下面。小咯咯和大咯咯经过这所花学校时，许多花朵的小孩正在课堂里上课，学算术。小咯咯和大咯咯正要走过这所花学校时，听见铃声响了，花孩子们下课了。

一路上，大咯咯和小咯咯一跳又一跳往前走，在途中，又看到一棵大榕树，树上有斑鸠姐姐的鸟巢。斑鸠姐姐正坐在鸟巢边，和两位斑鸠小弟弟讲话，看见小咯咯和大咯咯走过来了，斑鸠姐姐便教斑鸠弟弟说：

"咕咕！青蛙兄弟好！"

斑鸠小弟弟在鸟巢上拍着小翅膀说：

"青蛙兄弟好，咕咕！"

一路上，小咯咯和大咯咯兄弟俩一跳又一跳地往前走，走到一条小河边，看到河堤上有一座水磨坊，大木轮转着又转着，挥着一串一串的水珠，给太阳照着，好像那里出现一道彩色的虹。大咯咯、小咯咯看见了，赶快停下来，站在河边看彩虹和大木轮的转动。

他们一起赞美道："真好看啊！"

大咯咯和小咯咯又一跳一跳地往前走。在他们的旅途中，出现一座村庄，村边有一个池塘。他们看见池塘中长着很多水藻，有很多蝌蚪小弟弟在游泳。小咯咯和大咯咯看见了，高兴极了，兄弟俩商量好——大家看啊：

扑通一声，小咯咯和大咯咯一起跳进池塘里，他们和小蝌蚪弟弟一起游泳了，游得真好！

这便是青蛙小咯咯和大咯咯，在这一天早上的旅行。

## 龙眼园里

我们村里的黄土坡上，有一座龙眼树的果园。说它是黄土坡，是因为它是一座小小的丘陵，泥土是黄色的。这黄土坡上种着两百多棵龙眼树。有的树已经很老了，有人说至少有两百年了。有的树才种下二十多年。这座龙眼树的果园是鸟、松鼠和蝴蝶的公园。园中有一棵老龙眼树，树上有一个喜鹊窝，听说也是很老的了，好像我们住的古屋，但搭鸟窝的树枝，时常都换上新的树枝。

龙眼树果园的周围，砌着土墙。土墙上有几个洞孔，我经过这座果园时，喜欢从洞孔里往园内观看。这一天，我就看见喜鹊阿姨衔了一些枯枝，搭在鸟窝上，叫道：

"我们这座屋子，听说是我的祖母盖的。——你看，现在我又得来修理一下。"

站在树下的青蛙叔叔听见了，跳了一跳，对喜鹊阿姨说：

"咯！咯咯！咯！"

我似乎懂得青蛙叔叔的话，他好像是说："整理一下，你家的鸟窝便像新房子一样！"

我时常经过这座果园；有时，还特地跑来，往洞孔里窥看园内的情景。这一天，我看见松鼠妈妈带着五只松鼠小弟弟，到果园里来了。

松鼠小弟弟穿棕灰色的外衫。松鼠妈妈穿深棕色的外衫。松鼠妈妈让松鼠小弟弟蹲在一棵老龙眼树下的草地上，排成一个小队伍。随后，我听见松鼠妈妈站在树顶上，喊道：

"一！二！三！起步跑！吱！"

只见小松鼠一只跟着一只沿着龙眼树干往上爬，一直爬到树梢，便蹲在那里往远方眺望。

"吱！吱！我看到大海了，那里有大船！"

一只松鼠小弟弟叫道。

"吱！吱吱！那里是湄洲湾。我看到码头，大船只停在码头前面！"

另一只松鼠小弟弟叫道。

我在土墙外，从洞孔里听见小松鼠在树梢说话，简直看得出神了。

是的，我常从果园土墙的洞孔里窥看园内的情景。这一天，我看见园内草地上的野菊、野绣球都开花了。开得真好看，我看着，看着，我觉得野菊、野绣球的花朵正在向谁招手，向谁微笑。啊，我看见许多蝴蝶被邀请来了。我看见许多蝴蝶在蓝色的野菊花朵、紫色的野绣球花朵前面舞蹈。不久，蜜蜂也被邀请来了，他们嗡嗡地也在野菊、野绣球花朵面前舞蹈。他们好像正在开一个舞会；野菊、野绣球花好像还邀请蝴蝶们和蜜蜂们吃糖果。啊，我们村里的黄土坡上有一个龙眼的果园，那里，美丽得像一个童话世界。

## 麦芽糖人

在我们学校附近的一条小街上，常常遇见一位老人，坐在他的摊子前，向我们微笑。我们学校的小学生上学放学时都要经过这个小摊，常常会看到这位老人。他向我们微笑。

他的摊子是用一只木箱改造的，搭在一只三叉架上。他有一把剪刀，一些红、黄、绿、粉白和棕色的色纸；他的木箱上放着一小匣一小匣染成红、黄、绿、粉白和棕色的麦芽糖。他会用剪刀把色纸剪成雨伞、红旗、花篮，他会用放在一小匣一小匣中的彩色麦芽

糖捏成，或用口吹出来许许多多的动物，各种各样的人……

你看啊，他捏着麦芽糖——

一只红公鸡在他手中出现了。

一只红公鸡捏出来后，他又捏出两只黄小鸡；然后，他又用嘴把麦芽糖吹出一个黄色的鸡笼，然后，让这三只鸡站在鸡笼上……

你看啊，他会用麦芽糖捏出——

一只黄色的小老鼠。他把小老鼠捏出以后，又用麦芽糖吹出一只棕色的油缸，然后，他让这只小老鼠持一把红旗，然后，他又让这只小老鼠站在油缸上。

我看着——真的，我看得简直出神了。

这位老人，还会用麦芽糖吹出，或是捏出——

一位手持红桃的寿星，一位手持太阳伞的番婆仔，一位手持大刀的关公……

他还会用麦芽糖吹出——

一只小白兔。

他把小白兔吹出以后，又用麦芽糖吹出两个白萝卜。然后，他用色纸剪了绿叶贴在白萝卜头上；然后，他又让小白兔手持红旗站在白萝卜上。

他用麦芽糖吹出和捏出来的人和动物，使我看了，多么欢喜啊！

我们学校附近的一条小街上，有一位会捏麦芽糖人和糖动物的老人，他老是向我们微笑。

# 布　袋　戏

我们学校门口有一个广场。

这一天，从闽南来的布袋戏师傅，在广场上表演好看的节目了。

这布袋戏的舞台，像一座小小的帆布做的圆形围墙，像一个很大的帆布袋。布袋戏师傅在这小围墙似的帆布袋中打锣、打鼓、唱戏曲，表演节目……

你看啊——

一个小河中的大蚌走到帆布袋的舞台上来了，它合着两面蚌壳走出来了，在舞台上闪了一下，打转了一下，又在壳中吱吱吱地叫着，走下舞台了。不一会，它又走上舞台，这次它把两面扇形的蚌壳打开了，我真的没想到，蚌壳内有一个挂着红兜肚的胖小孩！

师傅在帆布袋内代替这个胖小孩说：

"看官们，我是河蚌变成的小男孩！"

师傅正说着，真没想到啊，我看见一只高腿的白鹤也走上舞台来了，它有长长的喙。它一走出帆布袋，便向河蚌壳内胖小孩的小腿啄去；胖小孩把河蚌壳一合，它啄不到，就耐心地在旁边等着；不一会，河蚌壳又打开了，这只白鹤又往胖小孩的小腿上啄去，啄得胖小孩吱吱吱地叫，只好把蚌壳合起来，把白鹤的长喙夹在蚌壳里面了……

正在这时，一位渔翁走出来了。他有白胡子，背一个鱼篓。看见白鹤的长嘴被河蚌夹住，他哈哈大笑，便挽起袖子，用力把白鹤、河蚌一起拉着往前走……

这时，站在帆布袋前面看表演的小朋友，都拍起手来！

——我没有想到，这布袋戏的表演节目一个接着一个，那位白胡子的渔翁刚刚拉着河蚌、白鹤往帆布袋里面走进去，一位拿着金箍棒的孙悟空走上舞台来了。只见他把身上的毫毛一拔，向空中一吹，吹出三个小孙悟空，然后又走出一个猪八戒和一位骑白马的唐僧……

正在这时，帆布袋内，师傅打锣、打鼓打得真起劲，只见孙悟

146

空和小孙悟空在舞台上跳上跳下，表示他们在腾云驾雾，猪八戒和骑白马的唐僧也都在舞台上打转，真是热闹极了。

正在这时，师傅在帆布袋内代替孙悟空说：

"看官们，我们师徒正要过火焰山啦！"

正说着，舞台后面升起一阵火焰和白烟，孙悟空和小孙悟空舞着金箍棒，扶着唐僧冲过火焰，猪八戒伸一伸舌头，也跟着冲过去了……

——那火焰和白烟，是师傅用花炮的火药燃起来的，可真的像火焰山，可真的像是孙悟空保护唐僧过了火焰山，我，还有和我一起在布袋前看表演的小朋友们，都拍起手来！

我们学校门前有一个广场。这一天，闽南来的布袋戏师傅在这里表演好多节目。

## 痴　　想

我想，

我真的会变成一株蒲公英吗？

——那时，我开了淡黄色的花朵，坐在鲜绿色的叶子上，一直向离我不远的地方看望：

离我不远的地方，那里有一座土阜。野菊便在那里开放蓝色的花朵，她把蓝色的花瓣当做手帕，

不止地向我打招呼。

我也在风中不止地向她点头。

我对她说：

"你赶快过来吧。我这里有一本童话书，你来看吧。"

## 投　信

我的名字叫紫罗兰。童话书里叫我紫罗兰妹妹。

这天早上，喜鹊阿姨在榕树上向我叫："你好，你好，鹊！昨晚睡得好吗？"

我向喜鹊阿姨招招手，说："谢谢。早上好！"

我还看见太阳先生在天上向我微笑。他微笑，嘴唇微微地张开。

我向太阳先生说："你好，早上快乐！"

随后，我便把信笺打开，给蒲公英哥哥写信：

蒲公英哥哥：

　　你好。早上天气很好，喜鹊阿姨、太阳先生都向我问好。

　　我想，你吃过早饭后，我们一起到附近草地上滚铁环，踢毽子，好不好？

紫罗兰即早

我把信折好，放在写好的信封里面，便赶快跑到蒲公英哥哥的家门前来。蒲公英住在我家附近一片草地间的一座小屋里。门前有竹篱，竹篱上有一个信箱，我把信投进信箱里，便赶快离开蒲公英哥哥的家门，回到我自己家里来了。

## 下　雨

天空中，黑云像墨色的手帕一般，汇集在一起。快要下雨了吧？

——滴答！滴滴滴！

雨真的降下来了。雨降在野外草地上野芋的阔大叶子上，野绣球花的扁长叶子上，滴答！滴滴滴！雨在叶子上敲打出声音来。这时，青蛙弟弟们从青草间跳出来，都跑到雨中去——

青蛙弟弟们喜欢淋雨吗？

这时，草地上的野菇妹妹们，持着伞都走出来了。

其中一位野菇妹妹对青蛙弟弟说：

"赶快到我的雨伞下躲雨吧！"

草地附近有一个池塘。雨也降落在池塘里，雨点让池塘中的水，溅起许多水珠，漾出一个一个圆圈似的水纹。一位青蛙弟弟看见了，扑通一声，他跳进池塘里；其他青蛙弟弟看见了，扑通！扑通，一个个都跳进池塘——

他们冒着雨，在池塘中游泳……

野菇妹妹们看见他们冒雨在池塘中游泳，都拍起手来，想——

青蛙弟弟们真的不怕雨淋吗？

# 写　生

我是一个小小的画家。我在花的学校里读书，学习绘画。我的名字吗？就请你们叫我蒲公英弟弟。

今天是星期天。我带了写生速写簿，走到野外来了。真是好极了。我觉得有好多好多美丽的风景，应该画下来。我们最近学的是风景写生、速写。

我看见一条水牛——

走过小溪了，他从容不迫地踏着水过溪……

我赶快把这情景速写下来。

我看见一行白鹭——

飞进田野的水田里了；他们从空中飞下来，又立在水田中，一只脚缩起来……

怎么样，我应该把这情景速写下来……

我在野外的草径、村路上到处走，随意走，我还看到一座水磨坊，建筑在山坡下的溪流旁边；我还看见四只蝴蝶一起飞，一起在路旁的野菊丛前面飞舞，我还看见两只斑鸠从枫树的树梢飞进他们的鸟巢……

我忙极了，简直画不尽，但心中也愉快极了。嗬，今天是星期日。我到野外画美丽的风景速写画，画得很多。明天，这些画要拿给同学看，要交给老师……

## 虹的滑梯

下了一阵骤雨。

随后，太阳又出来了。

于是，草地上的花朵儿童们：野菇、野菊、蒲公英和牵牛花——

一起发现天边出现一道虹的彩桥。

可是，其中一位蒲公英弟弟，忽然说：

"你们看见了吗？

——天边出现一座滑梯。我想，天边也有一个儿童游戏场，有彩色的滑梯！……"

花朵儿童们都向天边仔细看着。

"但是，

为什么没有木马呢？"

151

其中一位野菊妹妹问道。

"是啊！是啊，

——为什么没有木马呢？"

所有的野菇、蒲公英、野菊、牵牛花的儿童们都问道。那位蒲公英弟弟又认真地看了一看天边，他也真的没有看到木马。他说："为什么没有木马？——这个，因为我们都没有看到啊！"

## 秋天的森林

秋天来到我们的森林里了。

好像欢乐的节日一般的森林。多么灿烂的森林啊！这是一派看不到尽处的枫树和榛树的混合林。看啊，每棵枫树好像正在高举着一树胭脂红的花朵，每棵榛树好像正在高举着一树橙黄的花朵。

——他们正在欢迎远方来的客人吗？

这当儿，风忽地吹起来了。看啊，那橙黄的榛树上，那胭脂红的枫树上，一朵一朵的红花，一朵一朵的黄花，一下子从树枝上飞起来了，一下子变成好多好多黄蝴蝶和红蝴蝶，在林间欢乐地飞舞起来了。

——嗬，好像真的有客人来到了。

哦，看啊。有五位森林调查队的叔叔，正走过前面一条山涧的木桥，正由我们村里的护林员带领着，走过来了。这五位森林调查队的叔叔刚从林业院毕业，他们都到我们森林里来了，要和枫树、榛树结成知心的朋友了。

秋天来到我们的森林里了。多么美丽的森林啊，调查队的叔叔，来到这里，我们的森林将更欢乐，更灿烂。

# 月　亮

　　今晚，轮到我到村夜校里读报。回来的时候，我沿着溪边的小路走；我一边走，一边从枝丫间仰望夜间的天空，觉得很好看。嗬，一个秋天的月亮已经升到中天了。我从乌桕树已经落叶的枝丫间仰望这个月亮，感到今夜它的形状是扁圆的；感到今夜它用全部力量在发光，因此非常明亮……

　　我一边走，一边从一棵又一棵的乌桕树枝间看望天空，感到今夜的天空，好像一座发蓝的海，一座发亮的海；有许多白色的云，从四面幽暗的山峦后面，涌上来了……

　　我走到村前的石桥时，站住了。我看见天上的白云，有的给月光照得好像积雪的山峰；有的像白色的海岛；有的像发亮的、正在移动的绵羊群；我看见羊群的四周，有许多星星，也给月光照得好像发亮的百合花，有的好像发亮的油菜花，非常好看。

　　这时，我在心中想道：这月亮好极了，由于有了它，夜里空中的一切才都发亮了。

# 童　话

　　清晨，我走到村前的石桥上，一下看见桥边的溪岸上，有一丛野菊，开放很多很多蓝色的花朵。我天天上学去，都要经过这里，怎么都没有看见这里生长一大丛野菊呢？

　　嗬，在这丛蓝色的野菊旁边，还看见有许多蒲公英，开放黄色的花朵。

　　我站在石桥上，还看见桥下很清很清的溪水中间，照耀着岸边

开花的野菊和蒲公英的影子，非常好看。我看着，看着，忽地觉得野菊和蒲公英好像一起在水光中向我点头，向我微笑；我看着，看着，忽地觉得这野菊和蒲公英好像都在水光中间互相打招呼，谈话⋯⋯

我看着，看着，仿佛听见一朵野菊在水中向我点头说："秋天来了！"

我抬头一看，看见溪岸上有一阵风吹过，那一丛蓝色的野菊和他旁边的蒲公英，都在风中向我招手。我不觉自个儿笑起来了，想不到这个早晨，我自己走进一个童话世界中去，和花朵们打招呼，谈话。

## 冬　天

我们很欢喜，我们村里有一条美丽的山溪。溪上有一座石桥。溪岸边有梅树，有桃树。

水底有彩色的溪卵石。水中有彩色的溪鱼，结成一群一群，游来游去。我们很欢喜，村里有一条美丽的山溪。

现在，已经是冬天了。下雪了，四面的山，有积雪。松树林的松枝上，有积雪。村庄的屋顶上，铺着雪。村边的稻草垛上，铺着雪。

溪上的桥好像一座白色大理石雕成的桥。溪中的石，好像一块一块白玉堆叠在那里。

站在桥上，站在岸边，看见我们村里的溪流，有多么好看，嗬，溪水中照着山的雪影，树的雪影，桥的雪影；溪中照着村庄的雪影，稻草垛的雪影。溪中照着一个雪的世界。

站在桥上，站在岸边，看见溪水中间照耀出来的雪的世界中间，有一群一群彩色的溪鱼正在游来游去，有一群一群彩色的溪鱼，从照耀在溪水中间的桥洞的雪影间，游来游去，他们有多么欢乐啊！

现在，已经是冬天了。下雪了。溪岸上的梅树开花了，树枝上又开着雪花，又开着梅花，照耀得我们村里的松坊溪中，出现一个白雪世界，出现一棵一棵开花的白珊瑚。这时候，我们看见彩色的溪鱼，结成一群一群，从开花的白珊瑚枝间，游来游去。他们有多么快乐啊！

## 彩色的溪卵石和鱼

我们住在松坊村里。这是一座美丽的山村。四面山上有松林、竹林、杂木林。有两条山涧从两个山谷里流出来，在村前会合起来，又一道向南流去，这便是松坊溪。

溪上有一座石桥。溪岸边有桃树，有梅树。我们很喜欢我们的村庄里有一条美丽的山溪。

站在石桥上，站在溪岸边，看见我们村里的溪流，有多么好看。嗬，溪水多么清，水中照着山影，树影，桥影，溪水多么清，水中照着天影，云影。

溪水多么清，看见水底有好多好多彩色的溪卵石。有蓝色的，像蓝宝石般发亮；有红色的，像杜鹃花，像桃花般美丽；有白色的，像雪花，像梅花般明亮。还有绿色的和有彩色斑点的溪卵石。

溪水多么清，看见有一群一群彩色的溪鱼，从石桥下游过去；看见有一群一群彩色的溪鱼，在溪石间游来游去，春天到了，溪岸上的桃树开花了，一棵桃树，好像是一树正在燃烧的朝霞，好像一树发香的火焰，照耀着我们村里的松坊溪，好像一条流动着火焰和彩霞的溪流。

这时候，我们看见彩色的溪鱼，结成一群一群，从彩色的溪卵石间游来游去，在流动着火焰和彩霞的溪水间游来游去；他们有多么欢乐啊！

## 塔·草地

我非常爱我的学校。它叫凤山小学。它是在一座古寺的旧址上建起来的。

——有人说，这座古寺叫凤山寺。原来很大很大。进寺的前门，原来是在离城五里外的凤山桥。

——有人说，这座古寺是唐朝建的。唐僧和孙大圣、猪八戒过火焰山时，这里便造了凤山寺，寺前便造了凤山桥。

现在这里还留下一座古老的、木造的塔。木塔的石柱上雕着莲花，雕着骑着大象的佛像，雕着肩上生出六只手的佛像。

这座木塔的四周是一片草地。草地上种着许多花木。有桃树，有李树，有开着白花、黄花、水红花的蔷薇。有好多彩蝶和胡蜂在花丛间飞来飞去。有很多蚱蜢在草地上跳来跳去。

——我非常喜欢到木塔前的草地上来……

有一个星期天，我坐在木塔前的草地上，翻开《安徒生童话选》，听丹麦的老爷爷向我讲故事。……忽地，我觉得有人向我打招呼，我抬头一看，太好了——

原来是，木塔石柱上那位骑着大象的佛爷，向我打招呼。他叫我一起骑到大象的背上来。随后，我记得我们骑着大象走过寺前的凤山桥；随后，我记得我们骑象到一座大森林里去漫游了，看见有很多蓝蝴蝶在飞舞，我正要用捕虫网来捕林中的蓝蝴蝶时，又看见一位戴着王冠的印度王子，从森林后面的王宫里骑马走来了……

——原来是，那天在木塔前的草地上做了一个梦，我和雕在木塔石柱上的那位佛爷，同骑一只大象走进一个童话世界中漫游去了……

　　啊，我非常爱我的学校。

　　我念书的学校，叫凤山小学，是在一座古寺的废址上建起来的，它有草地和一座木塔……

写作于 1980 年代

# 雨 的 童 话

　　番婆仔和小泥人都睡在一张书桌的抽屉里。这张书桌是一位小学生温习功课用的。

　　他们睡到半夜了，——大概是半夜了？总之，他们已经睡得很久了。

　　番婆仔忽然听到：ca，la——ca，la，la!

　　屋顶上有这种声音。屋子外面花园的花木间，也有这种声音。这到底是什么声音呢？

　　小泥人睡得正香甜，番婆仔把他推醒了。

　　"你听，屋子外面响起一种什么声音？"番婆仔细声地说，又推了小泥人一下，"你听!"

　　"你说什么呢？唔，唔!"小泥人擦着眼皮，他还没有完全醒过来。

　　"我请你听一听。外面花园里有什么声响；屋顶上也有，你仔细听……"

　　小泥人侧耳听着，于是笑起来：

　　"番婆仔，你怎么没有听出来呢？你当这是什么声音呢？"

　　"唔?"

　　"外面正在下雨。白天天气太热了。现在下雨了——多么好的雨啊!"小泥人赞赏地说。

　　"哦，我听出来了。小泥人，原来是下雨。"番婆仔不好意思

地说。

小泥人从抽屉里坐起来，侧耳听着。慢慢地，小泥人脸上显出一种快乐的表情，他好像在谛听一支正在鸣奏的美丽的乐曲。

番婆仔也坐起来。她看小泥人一直不讲话……

"小泥人，你为什么不说话呢？"番婆仔等了许久，终于问起小泥人来。

"嗬，我们一起来静静地听吧。"小泥人说，侧着头专心地向窗外听着，"我觉得今夜的雨声，格外好听！"

"真的？"

"你像我这么安静地听，"小泥人说，继续侧着头向窗外听着，"我想，你静静地听着那雨声，慢慢地会感到那是十分好听的——"

番婆仔真的和小泥人一样，侧着耳朵向窗外静静地谛听着。

雨继续下着。雨点在敲打着屋顶，敲打着窗外花园中的花叶和青草。这雨声，不经心地听，不过"ca，la，ca，la，la"地响罢了。如果静静地听，倾心地听，便慢慢地会觉得那是糅合着千百种音调的大合奏。屋顶上的雨声，小花园里的雨声，街道上的雨声以及远处的树林里，田野里传来的雨声，音调都不相同；就在窗外小花园里，那洒在花叶间，那洒在泥土里的雨声，音调都不相同。可是，这一切的雨声结合起来，是一曲多么和谐的乐章，一支多么和谐的大合奏。

"我现在听出来了，"番婆仔说，"我不只听出雨的声音很好听；我还听得出，花园里的百合花在不住地点头，并且吹起小喇叭，南天竹在雨中摇手欢呼哩！……"

"对了，"小泥人说，"晚上，因为下雨了，花、树和青草，都感到非常快乐。他们都在雨声中奏起乐器，或者欢呼，唱歌！你再谛听一下吧！——"

番婆仔又侧着耳朵听着，接着对小泥人说：

"我听见花园里的石榴花，手中拿着一束一束的红绸在一边欢呼，一边跳舞；我还听见茉莉花在摇着一只一只白色的小铃铛，这些小铃铛在雨中会叮叮当当地响，并且吐出淡淡的香味，散到雨中去……"

"对了。"小泥人说，"这真是多么好的雨啊，花和树木们都多么快乐啊。可是，我们再往远处听吧——"

"好！"番婆仔说。

接着，小泥人和番婆仔都从抽屉里站起来，侧着耳朵，向更远处谛听——向花园以外的田野里谛听……

"你听见了没有？"小泥人快乐地向番婆仔说，"我听见田野远处的一座小山坡上，一颗一颗的南瓜站在绿色的叶子间，打起鼓来了！……"

"对啦，"番婆仔说，"我也听见南瓜在雨中打鼓欢呼的声音！小泥人，你听吧，还有——"

小泥人说："我听见了——四季豆在篱笆上开放一朵一朵小白蝶一般的花朵，她们的花朵在雨点中跳跃，唱歌，还有瓜棚上的胡瓜，吹着长长的绿色葫芦一般的喇叭，吹得可好啦……嗬，我们向更远的地方听一听……"

番婆仔说："好！"

他们一起向田野里再倾心地谛听。

"可好啦，"小泥人拍手说道，"我听见最好听的大合奏了！番婆仔，你细心听吧——"

是的，现在番婆仔和小泥人听到了；在他们看来，是世界上最洪亮的、最美丽的音乐；这便是雨点降落在一望无际的稻田里时发出的大合奏；像绿色的海波一般的稻田中，稻穗摇着手臂，欢迎雨的降临！

这阵夜间下降的骤雨，大约下了有半个钟头吧？随后，雨声慢慢地细小了。

ta，la，——lala——ta!

好像一支大合奏的乐曲，慢慢地奏到终了的时候……

小泥人和番婆仔在慢慢减弱的雨的音乐声中，慢慢地坐下来，慢慢地躺下去，他们又睡着了。

1945 年

# 松鼠弟弟的早晨

幼稚园里放暑假了。

这一天早上，小松鼠弟弟吃了早餐：一块蛋糕和一小杯牛奶，便擦一擦嘴巴，翘起美丽的尾巴，对松鼠妈妈说：

"——妈妈，我现在吃饱了，

想到林中的草地上，还有到溪边去玩一玩，好吗？"

松鼠妈妈用桌布，拂一拂掉在松鼠弟弟身边的蛋糕屑，又给松鼠弟弟整一整翻领上衣，说：

"——好哇！你就去玩一玩吧，

可不要走得太远，玩得太久。"

松鼠弟弟和他的妈妈住在山林中一棵老松树的树洞里。每天早上，松鼠妈妈都让松鼠弟弟在树洞前吃早餐，然后又让他在这山林中随便玩耍。现在，松鼠弟弟就沿着树洞前的树干一下子跳到树下，又抬起头来向松鼠妈妈摆摆手，说：

"——再见，妈妈！"

松鼠弟弟这就沿着林中的一条小径，一跳又一跳地往前跑。只见这山上的树林越来越密，早晨的太阳从树叶间洒到草地上，就像一朵朵发亮的小花。松鼠弟弟往前走了一会，忽然听见一棵老枫树的后面传来一种声音：

"——扑哧，扑哧……"

松鼠弟弟停下步来，又翘起尾巴蹲在树荫下看看动静：他等了好一会，只觉得那"扑哧、扑哧……"的声音也不响了，四面静静的——松鼠弟弟什么也不管，正想继续往前走时，没想到躲在粗大的老枫树树干后面的刺猬弟弟突然跑出来，喷着鼻子，喝道：

"——扑哧，站住！"

刺猬弟弟和松鼠弟弟都在熊奶奶办的幼儿园的中班里学习，他们喜欢一起滑滑梯，坐跷跷板。现在放暑假了，每天早餐后，他们的妈妈都让他们自己在树林里游玩一会，所以又常在树林里见面，一起游玩……

松鼠弟弟看到是刺猬弟弟，很高兴，说：

"——我就想到是你躲在树后面！

怎么样，我们就一起到溪边去玩一玩，好吧？"

刺猬弟弟说：

"——那里有什么好玩的呢？"

松鼠弟弟翘起美丽的尾巴，说：

"——到那里去看看鲫鱼小姑娘们，在溪水里游泳，多有趣！"

刺猬弟弟听了，说：

"——好！好！"

他们两人便沿着树林中的小径，向溪边走去。一路上，还遇见小山兔弟弟、青蛙弟弟，他们一起向溪边走去。这是一条从山谷中流过树林的小溪，溪中有很多岩石，溪水从岩石中间流过去，激起雪白的小浪花……他们在树林里没走多久，便听见小溪"哗哗"的响声，他们加快了脚步，——一、二、三！松鼠弟弟冲得最快，刺猬弟弟、青蛙弟弟和小山兔弟弟也一起从树林里一座小山坡上冲到溪边来了。

嗬！真棒。他们站在溪边的鹅卵石上，只见一群小鲫鱼，还有许多彩色的小溪鱼们，都向在岩石边激起的小浪花冲去；最有趣的是，还有许多小鱼跳出水面，翻了一个身，又向岩石边的激流冲去；其中有一条彩色的小鱼，跳出水面有二三尺高呢！……松鼠弟弟他们看得多么高兴，他们鼓掌，口中不断地喊着：

"——加油！加油！"

原来，松鼠弟弟他们以为溪中的小鱼们是在做冲水的游戏，是在比赛谁跳出水面最高！当松鼠弟弟他们玩得正快乐时，住在附近山洞里的熊奶奶听见他们的呼喊声，便从山洞的家里走过来了。她脸上现出慈祥的笑容，向松鼠弟弟他们打招呼：

"——孩子们好！"

松鼠弟弟他们看见熊奶奶，多么高兴，大家一起围过来，向她问好。

熊奶奶向松鼠弟弟他们问道：

"——你们的早餐，都吃些什么啊？……"

有的说，喝牛奶和蛋糕，有的说喝豆浆和油条，有的说喝绿豆甜稀饭，有的说喝地瓜稀饭……

熊奶奶又问他们，暑假里都做些什么事啊？有的说在家里帮妈妈扫地啊，有的说和妈妈、姐姐一起到外婆家去做客啊，还有的说，在家里看电视啊、唱歌啊。

松鼠弟弟还说：

"——我还和邻居的松鼠妹妹，做捉迷藏的游戏啊……"

熊奶奶听了，很高兴。这天，熊奶奶穿着连衣裙，衣上有一个口袋。她从口袋里拿出几块巧克力，分给松鼠弟弟、刺猬弟弟以及小山兔弟弟和青蛙弟弟。

接着，熊奶奶看看树梢的太阳，已经升得高高了，便说：

"——现在时间不早了，你们应该回家去了……"

松鼠弟弟他们便都向熊奶奶摇摇手，说：

"——再见！再见！……"

松鼠弟弟沿着原路回来时，松鼠妈妈已经坐在树洞前等着他。他一见到妈妈，便一跳又一跳地扑到她的怀里，把在溪边遇见熊奶奶的情形，告诉她。妈妈听了，多么高兴。至于小山兔、青蛙和刺猬弟弟们回到家里时，也把遇见熊奶奶的情况告诉自己的妈妈，他们的妈妈也都多么高兴啊！

1992 年

# 野菊的小屋

我们看见，
小野菊和蒲公英坐在那条草径上。

好亮的太阳，
好漂亮的春天啊。

蒲公英说："我们一起来建筑一座小屋吧。"

"那多么好呢！"小野菊马上答应道，
"可是，我们要怎样起手呢？"

蒲公英说："你听我的吧！"

他们马上开始了。
他们收集了好多泥土、草叶和花瓣……

他们多么热心啊，多么值得赞美的劳动和设计……

小野菊用她的围裙采来许多花瓣
和草芽，蒲公英搬着泥土……

他们工作了许久。"我们休息一会吧！"
蒲公英扇着黄色的便帽说。

他们就坐在那一堆花瓣旁边。
"我们的屋子要造成什么形状呢？"

"我们不要盖得像番仔（外国人）的教堂，"
蒲公英说，"我们不要那么大的屋子！"

"可是，至少要放得下
我们的书架，和洋娃娃的小床。"

"我们的小屋，
要盖得像农民叔叔住的房屋！"

"而且要有很多的窗，那次我们参观
王师母的图画，就赞美那个大窗呢。"

"是的，有一个大窗，
我们晚上可以和天上的星星猜谜语！"

"而且，可以看见士兵们
骑马从窗下走过……"小野菊有点害怕地说。

"但是，你为什么忽然怕起来呢？"蒲公英说。

可是他们马上又工作了。

"嗬,有了小屋,我们可以招待很多很多的朋友呢。"
过了许久,小野菊沉思地说。

"是的,我们要准备好多的点心
和画片,我要向风师母借一把手风琴。"

"我们要开一次晚会,
大家可以常常在一起唱歌和讲故事。"

他们谈论得多么快乐,
他们简直忘记了劳作的疲倦!

蒲公英又搬了好多的泥土来,
他脸上手上都是泥点,活像小泥水匠。

"我们的小屋造成时,"小野菊说,
"不要忘记招待两位小朋友。"

"戴红宝石的草莓
和勤劳的蜜蜂!"

"对了,你猜得很对。"
于是他们拍手起来。

好亮的太阳，
好漂亮的春天啊。

好快活的小野菊，
我们看见他们在草径上造着小屋。

而且，我们看见，
他们的朋友——蜜蜂唱歌来了。

1944 年

# 美好新奇的童话境界

## ——喜读郭风先生独具慧眼的近作

### 李约拿

我一口气读完郭风老师写的五首长篇童话诗。仿佛从松坊村，吹来了一股优美而温馨的自然之风，它在遥远的地方，向我窃窃私语着大自然的秘密，诗中赋予了所有的乡村景物和两个孙悟空、一个匹诺曹、一个狐狸列那和一位西班牙骑士以及一位丹麦小姑娘同小溪、雪、生鱼、水磨坊、土地公公、竹鸡、米团子、小人书、巧克力等形成的一种更自然化的情感与联系。这种可供孩子们审美阅读的童话诗，久违了！

整个中国进入"市场化"以来，似乎一些儿童读物太注重功利目的，太注重社会纪实而消解了诗意化的"梦境"。然而，今天作业负担过重，受各种视听媒体、电子媒体影响的孩子们，在他们转瞬即逝的金色童年，太缺乏对自然与梦幻的敏感，一种人性美的感悟。有的儿童作品，毫无文学性可言，甚至毫无艺术美的享受。用文字作为载体的儿童文学作品，应该具有视听媒体、电子媒体所不能替代的独具的文学美。

郭风的这组童话叙事体诗，对孩子们会颇富吸引力。童话诗的幻想往往是一种极致的幻想，它用诗体来作极简练的概括。松坊村在诗中已不再是现实的自然村落，而是诗人创造的一个"艺术空间”，诗人从这里出发，讲叙着《西游记》书中走出的孙悟空叔叔，和与唐僧取经的孙悟空大叔，与其他几本世界名著中的人物所产生的有趣、新奇的故事，让孩子们不知不觉中步入了审美的自由王国。诗人用童话的超现实性，创造出一个个新颖的童话，同时，它要求以原描述对象的艺术与生活真实作为基础，换句话说，这种超现实有自身内在的合理性。在安徒生的童话中，卖火柴的小姑娘是个圣诞节前夜冻死在雪地的小女孩，在郭风的诗中，她被邀请到松坊村来过春节，能吃得饱饱的，烘得暖暖的，这与她往日的遭遇形成强烈的对比，满足了善良孩子的美好愿望。一如匹诺曹的打雪仗；狐狸列那偷生鱼片的把戏被戳穿；一如堂·吉诃德骑士把水磨坊当做了“假想敌”，都符合原来文学形象的“特性”，又符合儿童思维的逻辑性。其实，每个儿童就其本质上来说都可以成为真正的儿童抒情诗人，如果他没有被社会环境“异化”。

这组儿童诗的语言，很贴近儿童的语言习惯，在漫不经心中流露出作品的深层含义。儿童需要娱乐、理解、友爱的深层含义，使作品拥有了自身的美学力量。

《小天使报》能用如此规模的篇幅发表这么具有文学审美价值的佳作，可说是独具慧眼。我与郭风老师曾有过书信往来，却始终未能谋面，然诗如其人，我仿佛看到了老人那颗仍朝气蓬勃的童心，他在病中，仍执著地“站”着为孩子们写诗，且这么才情并茂，令晚辈敬慕不已。

——原刊湖南《小天使报》
1995 年 5 月 25 日

173

# 童话与散文的美的交融

## ——读郭风的童话集《孙悟空在我们村里》

### 方 户

读郭风先生的童话新著《孙悟空在我们村里》（福建少年儿童出版社出版），最强烈的感受是，这本书是童话，又不是童话；是散文，又不是纯粹的散文。

由此，我想到了被称为"童话诗"的《渔夫和金鱼的故事》（普希金）、被称为"童话剧"的《宝船》（老舍），既然有童话和诗、童话和剧的结合，为什么就不能有童话和散文的结合呢？

散文追求的是真挚纯朴的感情，与自然有着天然的契合，童话亦然。没有真挚纯朴的感情，散文就没有了光彩。《孙悟空在我们村里》和郭风其他散文一样，倾注了作者对山村生活、对大自然的爱和情。《白雪公主》中，从北方坐着雪橇来到南方看风景的白雪公主，她所看到的风景，都已经染上了作者的感情色彩，倾注了作者的一腔深情；再有《孙悟空在我们村里》这篇，小动物们希望"孙悟空叔叔……变魔术给我们看看……"，于是，孙悟空就从身上拔一根毛，吹了一下，"这时，溪流的上空，都降下数不清的、发亮的、会燃烧的花朵，也就是说，好像天空中一时降下无数闪闪发亮的火焰般的菊花、蒲公英、牡丹、杜鹃花、玫瑰、桂花以及金银花、百合花，到处飞舞……"从童话中，我们看到了

174

郭风散文中所经常抒发的浓重的山乡气息，泥土的芬芳，以及对大自然的一往情深。

童话要有童心，要清纯，而这也正是散文的品格之一。郭风是属于这样的作家，他的作品从年轻到年老，从散文到童话，有着一样的风格，这就是清纯。因为郭风有一颗不泯的童心。《孙悟空在我们村里》有一组"松坊村系列"，其中有三篇类似"孙悟空新传"。我们知道，《西游记》中的孙悟空是很讲斗争性的，他有火眼金睛，有着彻底的不妥协的战斗精神。在我的印象中，孙悟空的一生业绩，便是过一座山打一个妖。就是这样一个"神魔形象"，到了郭风笔下，却成了憨态可人、款款有趣的童话形象了。在《孙悟空和外国朋友哈尔马》中，孙悟空邀请安徒生笔下的哈尔马，一起嬉戏、玩耍。他们见一只泥老虎突然动了起来，变成了真老虎，哈尔马害怕了，孙悟空往老虎身上一摸，它又变成了一只小猫，喵喵叫着，随他们一起玩去了。孙悟空善变，作者以一颗童心，让神魔的孙悟空变成了童话的孙悟空。

当然，作为童话散文，除了应该寻找童话与散文的共同点外，还要有童话自身的基本特色。什么是童话自身的基本特色呢？我以为是与童心俱来的幻想，奇特的想象力，真真假假是是非非，牛有人性，人长翅膀，花会唱歌，水也哭泣……这一切，在郭风这本书中都有淋漓尽致的描写。《松坊村纪事》中那块像水牛一样的大石头，还有两只石鹅，它们耸立天地间有多少年了？风也吹，雨也淋，它们不动声色。可是，有两只青蛙跳到牛的背上，这么一来，石牛也通灵了，石鹅也拍起翅膀，它们活了，到神秘的大森林中旅行了。再有，《西游记》中的孙悟空居然能跳出书页，与《安徒生童话全集》中的哈尔马一起研讨圣诞老人和菩萨老人。所有这些，都可以看出郭风和许多被称为魔术师的童话作家一样，

童话与散文的美的交融

有着非凡的点石成金的艺术才能。对比之下，我们是否可以这样说，散文一般是形实神虚，童话则是形虚神实。换言之，童话和散文的区别，就在于形的虚和实。而它们的神，比如，要有真挚的感情，要有一颗童心，等等，却是一致的。

郭风的童话散文，并非偶尔为之的结果，作家对此有着数十年的追求。

郭风在序中说："大约在三十年代，我似乎就从安徒生的作品中得到一种印象（哪怕这种印象未必正确，甚或只是一种对于安徒生作品的个人主观感受），这便是，安徒生的相当一部分作品，其实是一种诗和散文之间的、独特的融化，是一种散文诗体的童话，或童话体的散文。"他具体点到："譬如说，在我看来，安徒生的《荷马墓上的一朵玫瑰》是一首散文诗；他的《没有画的画册》是以一组散文诗组成的十分独特的童话。他的其他不少童话其实是童话体的散文，譬如，《小意达的花》、《雏菊》、《豌豆上的公主》，等等。"看来，郭风是既有自己的理论导向又有创作实例的，从这一意义上看，说《孙悟空在我们村里》一书是散文化的童话的范本，是十分切实的。

作家可以有多方面的成就，但总有自己的本色。郭风的本色是散文家。作为思想家的鲁迅，他笔下的小说，篇篇流溢出来的都是思想；孙犁的小说，人说是散文化的小说；何为的散文，被认为是小说化的散文。我觉得，艺术的追求，最重要的是要知道自己的艺术本性，尊重自己的艺术本性，用郭风的话说，就是自己的"文学气质"。写童话，先不管童话作法；写小说，先不搞小说作法，从自己的文学气质出发，写的童话，羼杂了散文味，这又何妨？

概而言之，我们既要尊重具体文学样式的自身规律，又要从自己的艺术本性和文学气质出发，交融各种艺术形式，使创作集多种样式之长，别开生面，这正是郭风创作的童话和散文美的交融，所给我们带来的启示。

——原刊南京《书与人》
1995 年第 3 期

# 闽南风·田园风·郭风

## （台湾）谢武彰

　　轻淡有味，是散文可以表现的特点之一。而这个特点，也常常被散文家使用，可以说是一种很"安全"的写法。

　　然而，由于太熟悉、太平凡了，所以往往也会给人一种"根本就没有什么技巧嘛！"的感觉。因此，读这一类文章的时候，要特别仔细。因为，它可以说是一块"和氏璧"，石头的外表中，隐藏着美玉。由于这种特点，许许多多的感人散文，它所描写的对象、所呈现的主角、所使用的技巧，虽然都是最平淡的、最熟悉的，却往往发出深远而巨大的动人力量。像朱自清先生的名作《背影》，就是一个非常有名的例子。

　　所以，如果有人说你的某一篇游记，或书信，或作文，写得淡而有味。那，你可千万别会错意，也千万别生气。因为，那绝对绝对是一句赞美的话。而重点，就在那"有味"上面。因为，想要表现"有味"并不是一件容易的事。

　　现在，特别提出表现以上特点的散文，它是饱含闽南风味，饱含田园风味的儿童文学作家郭风先生的作品。他的散文除了上述的特点以外，还非常的老少皆宜，就如同广告上所说的——"大人小孩都爱吃"。能做到这一点是非常困难的，也是一个作家的高水准演出。

　　尽管郭风先生在大陆"名声透京城"，但是他的作品是海峡两岸开放来往以后，才流传到台湾来的。他那平淡而带有闽南田园风味的散文，的确令人惊羡。他曾在中、小学服务，长期住在福建，所以作品中所呈现出来的主题，就是身边最熟悉的——斑鸠、水牛、青蛙、松鼠、麻雀、溪流、睡莲、鲫鱼等等。这些在台湾也经常可见的动物、植物，读起来有如身边的老朋友，十分亲切。

郭风先生的散文，还有一个很重要的特色，那就是使用白描，把形容词的使用量降到最低最低。这样的文字，使作品非常耐读，不会觉得不耐烦，感觉非常的"耐斯（英文 nice 的谐音，意思是：好的，美好的)"。而且，在作品的最后三两句话，看来好像没有什么特别，然而这种若有似无、草船借箭的写法，往往吸引了读者的情绪，造成了余韵绕梁三日的气氛和效果。这种写法，是少见而且有特色的。

住在闽南的郭风先生，描写闽南经常可见的乡村田园景物，形成了特殊的"郭风风格"散文。不但使住在台湾的闽南人，读来特别亲切；也使散文园地里，增添了特色和光彩。

——原刊台湾《小作家》月刊

1994 年 11 月出版

豌豆仙子

闽南风·田园风·郭风

179

# 作家与作品

| 书　　名 | 出　版　社 | 年　份 |
|---|---|---|
| 木偶戏 | 改进出版社 | 1945 |
| 火柴盒的火车 | 少年儿童出版社 | 1955 |
| 搭船的鸟 | 少年儿童出版社 | 1955 |
| 会飞的种子 | 福建人民出版社 | 1955 |
| 洗澡的虎 | 福建人民出版社 | 1956 |
| 在植物园里 | 少年儿童出版社 | 1956 |
| 轮船 | 福建人民出版社 | 1956 |
| 月亮的船 | 福建人民出版社 | 1957 |
| 蒲公英和虹 | 少年儿童出版社 | 1957 |
| 叶笛集 | 作家出版社 | 1959 |
| 山溪和海岛 | 作家出版社 | 1960 |
| 英雄和花朵 | 上海文艺出版社 | 1961 |
| 曙 | 福建人民出版社 | 1962 |
| 叶笛集（修订本） | 作家出版社 | 1962 |
| 英雄与花朵（修订本） | 作家出版社 | 1965 |
| 避雨的豹 | 人民文学出版社 | 1980 |

| 书　名 | 出　版　社 | 年　份 |
|---|---|---|
| 你是普通的花 | 人民文学出版社 | 1981 |
| 搭船的鸟（修订本） | 吉林人民出版社 | 1981 |
| 鲜花的早晨 | 花城出版社 | 1981 |
| 小郭在林中写生 | 少年儿童出版社 | 1982 |
| 杂文集 | 福建人民出版社 | 1982 |
| 唱吧　山溪 | 上海文艺出版社 | 1983 |
| 灯火集 | 湖南人民出版社 | 1983 |
| 郭风散文集 | 四川人民出版社 | 1983 |
| 笙歌 | 花城出版社 | 1984 |
| 郭风作品选 | 中国少年儿童出版社 | 1984 |
| 小小的履印 | 百花文艺出版社 | 1984 |
| 早晨的钟声 | 湖南少年儿童出版社 | 1985 |
| 红菇们的旅行 | 江西少年儿童出版社 | 1986 |
| 给爱花的人 | 湖南文艺出版社 | 1986 |
| 蒲公英的小屋 | 河北少年儿童出版社 | 1988 |
| 开窗的人 | 江西人民出版社 | 1989 |
| 散文札记 | 上海教育出版社 | 1989 |
| 郭风作品选（俄文本） | 莫斯科儿童文艺 | 1989 |
| 晴窗小札 | 海峡文艺出版社 | 1990 |
| 石羊及其它 | 北岳文艺出版社 | 1990 |
| 孙悟空在我们村里 | 福建少年儿童出版社 | 1991 |
| 旅踪 | 中国文联出版公司 | 1991 |

作家与作品

| 书　名 | 出　版　社 | 年　份 |
| --- | --- | --- |
| 搭船的鸟 | 台北业强出版有限公司 | 1992 |
| 木偶人水手 | 福建教育出版社 | 1993 |
| 黄巷集 | 台北幼狮文化事业有限公司 | 1994 |
| 郭风散文选集 | 百花文艺出版社 | 1995 |
| 中国古典散文诗译注 | 太白文艺出版社 | 1996 |
| 郭风儿童文学文集 | 福建少年儿童出版社 | 1996 |
| 蒲公英和虹（修订本） | 河北少年儿童出版社 | 1996 |
| 龙眼园里 | 上海教育出版社 | 1997 |
| 汗颜斋文札 | 海峡文艺出版社 | 1997 |
| 郭风童话 | 重庆出版社 | 1998 |
| 郭风作品精选 | 河北少年儿童出版社 | 1998 |
| 红菇们的旅行（中英文） | 希望出版社 | 1999 |
| 夜宿泉州 | 吉林摄影出版社 | 1999 |
| 青蛙的旅行 | 贵州教育出版社 | 2002 |
| 八旬斋文札 | 作家出版社 | 2004 |
| 郭风散文选集（修订本） | 百花文艺出版社 | 2004 |
| 竹叶上的珍珠 | 湖南少年儿童出版社 | 2006 |
| 孙悟空在我们村里 | 湖北少年儿童出版社 | 2006 |

# 郭风获奖纪录

《红菇们的旅行》（童话集），获中国作家协会首届优秀儿童文学奖。

《孙悟空在我们村里》（童话集），1993 年 2 月先获中国作家协会第二届全国优秀儿童文学奖，1994 年 12 月又获福建省首届百花文学奖一等奖。

《搭船的鸟》（散文集），1995 年获台湾儿童文学特殊贡献奖。

《黄巷集》（散文集），1995 年获台湾金鼎奖。

《郭风散文选集》，1995 年 12 月第 1 版于 1997 年先获全国第五届少数民族文学骏马奖、同年又获首届鲁迅文学奖荣誉奖，2004 年 8 月第 2 版又获第八届中国图书奖。

《汗颜斋文札》（散文集），1999 年获第六届少数民族文学骏马奖。